靑春이여, 생각하라!

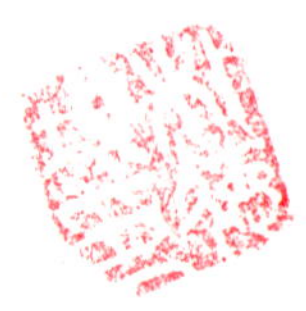

청춘이여, 생각하라!

1판 1쇄 : 인쇄 2011년 11월 25일
1판 1쇄 : 발행 2011년 11월 28일

지은이 : 박한실
펴낸이 : 서동영
펴낸곳 : 서영출판사

출판등록 : 2010년 11월 26일(제25100-2010-000011호)
주소 : 인천광역시 계양구 효성동 200-1 현대 404-103
전화 : 02-338-7270 팩스 : 02-338-7161
이메일 : sdy5608@hanmail.net

ⓒ2011박한실 seo young printed in incheon korea
ISBN 978-89-97180-04-2 (04810)
ISBN 978-89-965513-2-4 (set)

일원화 공급처_(주)북새통
주소 : 서울 마포구 서교동 464-59 서강빌딩 6층
전화 : 02-338-0117(대표), 팩스 : 02-338-7160
이메일 : info@booksetong.com

2011 · 서영

청춘이여, 생각하라!

우리는 누구나 행복한 인생을 살고 싶어 한다. 그러나 행복으로
가는 길에는 크고 작은 두려움이 깔려 있다.
이 두려움들을 극복하게 해주는 치료제는 뭘까?

하나는 사랑이다.
우리가 사랑을 배우고 사랑을 익혀 사랑을 품고 사랑을 실천하는
중에 어느덧 두려움들은 사라져 버린다.
우주의 본질은 사랑이다. 따라서 사랑의 실천이야말로 가장 가치
있게, 가장 보람된, 가장 자랑스럽게 삶을 꾸려 나가는 길인 것이다.
그러므로 청춘아, 사랑하자! 사랑을 실천하자!
어떤 위치에 있건, 어떤 직업을 갖든, 어떤 인생관을 지니든 우리
는 사랑을 하고 사랑의 실천자가 되어 살아가야 한다. 그렇게 되면,
두려움도 없고 후회도 없는 삶을 살아갈 수 있다.

둘은 지식이다.

두려움을 극복하도록 도와주는 또 하나의 치료제는 지식이다. 무지는 곧 두려움을 부추긴다. 지식만이 우리의 앞길을 밝혀 주는 등대가 될 것이다. 주의해야 할 것은 지식에서 지혜를 얻지 못하면 쓸모없는 지식이 된다는 것이다.

그러므로 청춘이여, 생각하고 궁리하여 지혜를 얻자.

생각하고 또 생각하여 삶과 사물에 대한 새로운 해석을 쌓아나 가자. 후회하지 않는 삶 중 하나가 바로 창조적 삶을 꾸려 가는 것 이다. 지혜만이 창조적 삶의 굳건한 동반자이다.

그러므로 청춘이여!

마지막 최고의 치료제는 생각하는, 사색하는 인생을 사는 것 이다. 생각의 확장, 사색의 확장을 통하여 꿈같은 미래를 인내하 며 개척해 나가자.

그러므로 청춘아, 시간이 나면 생각하고 사색하자!

사랑하고, 생각하는 삶이야말로 청춘의 그 어떤 어려움도 이 겨내고 행복한 인생, 만족하는 삶을 살도록 해줄 것이다.

마지막 숨을 거두는 순간에 보다 존경받고 사랑받는 자로 남 기 위해 사랑하고, 사색하고, 실천하자.

-단풍이 시심처럼 날리는 아름다운 아침에,

지리산 풀꽃 헤르소 박한실

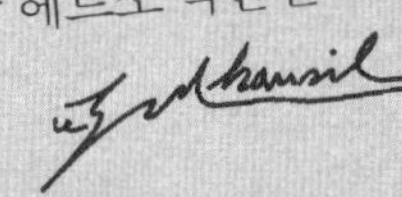

목차

제4장 깨어있는 생활 115

제1장

세 가지 사랑

설 자리 

"'너 자신을 알라'가 의미하는 바를 좀 더 자세히 설명해 주세요."
"자기 자신의 존귀함을 알라는 말일세."

"그리고요?"
"자기 자신의 능력을 알라는 말이고……."

"그리고요?"
"자기 자신의 설 자리를 알라는 말이고."

"그리고요?"
"자기 자신을 마음껏 활용하라는 말이지."

경작지

"간척지사업을 많이 하고 있더군요."
"국토를 한 치라도 넓혀 보고자 하는 욕심에서지."

"그게 별로 맘에 안 드는 것처럼 말씀하시는군요."
"맘에 안 들 것까지야 없지만……."

"그렇지만 어떻다는 거죠?"
"그보다는 더 시급하게 넓혀야 할 게 있으니까 그렇지."

"그게 뭐죠?"
"이 땅의 젊은이들의 가슴이라네."

"가슴을 넓혀요?"
"넓히다뿐인가, 갈고 다듬어 좋은 경작지로 만들어야지."

"경작지로요?"
"그래서 옥토로 만들어 씨를 뿌리고 키워서 열매를 거둬들여야지. 그게 더 시급하다네."

선생과 스승

"세상의 풍조 따라 교육도 엉망진창이 되어가는 것 같아요."

"그렇게 보는 까닭은?"
"초등학교의 경우가 그런 것 같아요."

"자네는 자꾸 그런 것 같아요 그런 것 같아요 하는데, 그건 자기가 하는
말에 자신이 없어서인가?"
"아뇨, 그저 습관이 되어서요."

"앞으론 확신 있는 말만 골라서 하게나."
"선생의 상이 너무 격하되었다는 얘기죠. 제 말은요."

"선생의 상은 격하될 수 없는 걸세. 단지 스승의 상이 격하될 뿐이지."
"네?"

"지식을 전달해 주는 역할을 선생이 담당한다면, 인격 형성을 돕고 가치
관을 세워 주는 역할은 스승이 담당하고 있기 때문일세."

단순한 생활

"살다보면 너무 바빠요."
"무엇 때문에?"

"먹고 살랴, 공부하랴, 자식 노릇하랴, 취미 생활하랴……."
"욕심 부리랴, 사치하랴, 가식의 탈을 쓰랴……."

"농이 아녜요."
"나도 농담 아닐세."

"그럼 어떻게 살아야 할까요?"
"소박하고 단순하게."

"마치 옛 선비처럼 말이죠?"
"그래, 진리를 아는 옛 선비처럼 말일세."

그릇된 종교

"신앙의 자유가 보장된 나라에 산다는 건 행운이에요."
"나도 그렇게 생각하네."

"사회가 불안하니까 그런지 종교를 믿는 사람도 많이 늘어나요."

"걱정되나?"
"꼭 그렇다기보다도……. 뭐가 뭔지 모르겠어요."

"무엇이 말인가?"
"하도 종교의 유형이 많아서요. 어떤 걸 믿어야 할지 모르겠어요."

"복잡한 것 같지만 따지고 보면 종교는 두 유형이 있다네."
"그건 말도 안 돼요. 이 땅에서만 수백 개의 종파가 있다던데요?"

"그러나 종합해 보면 결국 두 가지 유형으로 나눠지게 돼."
"어떤 어떤 것으로요?"

"하나는 인간을 암울하게 만드는 종교이고, 다른 하나는 인간을 기쁘게
만드는 종교이지."

道

"동양에서 도를 닦는다고 할 때, 도는 진리를 말하는 거겠지요?"
"비슷한 말이지."

"비슷하다니요?"
"체험적 진리라고 할까, 실천의 선상에 놓인 진리가 도가 아닐까 하는
생각이 들어서일세."

"도를 닦는 과정이 있나요?"
"있고말고."

"그 첫째 과정은 뭐지요?"
"하늘을 공경하는 단계지."

"둘째 과정은요?"
"사람을 공경하는 단계이고……."

"셋째 과정은?"
"굳이 차례를 매길 수는 없지만, 마지막으로는 자연, 즉 만물을 공경하
는 단계지. 그 단계들을 거치면 틀림없이 도의 경지에 이를 수 있을 것
이네."

평등한 창조물

"인간에게 소중한 것이 있다면 무얼까요?"
"그야 물론 생명이지."

"살아가게 하는 원동력이 되니까 그렇겠죠?"
"그렇지. 그러나 그 생명은 생명 이상의 것을 위해서 존재해야 한다네."

"그게 뭐죠?"
"자유지."

"인간은 누구나 자유를 소중히 여겨야 한다는 의미인가요?"
"그럴 뿐만 아니라 행복을 추구하는 가치관을 버려서는 안 된다네."

"그와 같은 인생의 올바른 가치를 소중히 여기기 위해서 우리가 간직해야 할 격언이 있다면요?"
"인간은 모두 평등한 창조물로 태어났다는 바로 이 말이네."

자신과의 싸움

"세상사는 한 마디로 싸움의 연속인 것 같아요."
"어떤 점에서 그렇지?"

"가난과 더위와 질병과 가뭄과 수해와 공해……. 이런 것들과 매번 싸
워야 하니까요."
"인생도 마찬가지라네."

"생존경쟁이란 말씀이죠?"
"그렇지. 타인과의 싸움이 끝없이 펼쳐지니까 말일세."

"그게 우리를 가장 힘들게 하는 걸 거예요."
"그보다는 자기 자신과의 싸움이 가장 힘들 것이네. 이기심과 탐욕과 육
욕과 허영과 게으름과 분노와 미움……. 뭐 그런 것들과의 싸움을 치러
내야 하니까 말일세."

塞翁之馬

“인생을 여유 있게 사는 비결을 가르쳐 주십시오.”
“새옹지마의 의미를 터득하면 되네.”

“새옹지마라고요?”
“새옹의 말 말일세.”

“무슨 의미를 담고 있지요?”
“중국 북방 어느 한 촌락에 사는 새옹이란 노인의 경험담에서 나온 말이라네.”

“그분이 어쨌길래요?”
“어느 날 불행히도 말 한 마리를 잃어버렸지. 그러나 노인은 섭섭하게 생각하지 않았다네.”

“왜요?”
“그게 그 노인의 인생관이었으니까. 아니나 다를까 며칠 후 그 말이 명마 한 마리를 데리고 돌아왔더래.”

“기뻤겠군요?”
“그런데 노인은 이번에도 무덤덤하더래.”

"괴짜 노인이로군요."
"얼마 후 아들이 명마를 타다가 그만 떨어져 다리를 다쳤다네."

"이번에는 화를 냈겠군요."
"아니야, 이번에도 먼저와 마찬가지였어."

"태평스런 얼굴을 했단 말예요?"
"그렇다니까. 얼마 후 전쟁이 나서 마을의 젊은이들이 참전했는데 모두 다 전사했더래. 그러나 그 노인의 아들은 절름발이여서 참전하지 못해 무사했다는 거야."

"인간의 행불행은 예측할 수 없다는 말씀이로군요."
"그렇다마다. 전화위복이란 말을 좀 더 음미해 보게나."

사형 제도

"사형 제도에 대해 어떻게 생각하세요?"
"안타깝게 생각하고 있네."

"보다 구체적으로 말씀해 주세요."
"사형에 해당할 만한 일을 저질렀기 때문에 사형을 시킨다는 것은 모순일세."

"왜 그렇죠?"
"가혹행위를 저주하는 인간이 가혹행위를 선택하고 있기 때문이지."

"그래도 사형제도는 더 큰 악을 미리 방지하게 해주는 이점이 있잖아요."
"극심한 죽음에 대한 공포가 악한 행위를 잠재울 수는 없다네."

"그럼 어떻게 해야 하나요?"
"사형 제도를 없애고, 대신 무기징역을 받게 하여 영원히 인간으로부터 고립시키도록 하면 충분할 거야."

"그렇게 되면 국가 예산만 축나잖아요."
"국가 예산은 바로 그런 제도를 위해 필요한 거라네."

최대의 범죄

"세상에는 끔찍한 범죄들이 많아요."
"현대병을 앓고 있기 때문이야."

"무슨?"
"문명의 현대병이지, 정신적 범죄 말이네."

"정신적 범죄라고요?"
"자기 자신에 대한 범죄가 난무하고 있다는 말일세."

"자기 자신에 대한 범죄라면?"
"바로 자기 자신을 속이고 학대하고 무시하고 또……."

"또?"
"자기 자신에 대해서 불성실한 죄……."

"그리고요?"
"한마디로 자기 자신에 대해 무책임한 사람이 범하는 죄를 말하지."

"그게 그렇게 무서운 죄인가요?"
"죄 중에서 가장 비중이 큰 죄라고 할 수 있지."

환희의 길

"멋지게 살아가는 길을 가르쳐 주세요."
"멋지게 살려면 환희를 맛봐야 하네."

"그걸 맛보려면 어떻게 해야 하나요?"
"매번 고난과 고뇌의 언덕을 넘어야 하지."

"그게 어디 쉽나요?"
"그러기 위해서는 고난과 고뇌 속에 있을 때 동요하지 않아야 하네. 그 기간을 인내와 용기로 견뎌내기만 하면 되는 거야."

"글쎄 그게 어디 쉬운 일이냐고요?"
"자네가 무슨 질문을 했지?"

"멋지게 사는 법……."
"멋지게 살려면 그래야 한다는 말일세."

진실의 정체

"진실에 대해 말씀해 주세요."
"진실은 가식을 싫어한다네."

"꾸미지 않는다는 뜻이죠?"
"그렇지. 꾸밈과 수식뿐만 아니라 복잡성도 싫어하지."

"그렇다면?"
"간결함과 자연스러움을 사랑한다는 말이 되지."

"이 세상이 변질된 것도 그러면?"
"그거야. 지나친 수식과 가식과 꾸밈으로 진실을 가려 버린 탓이야."

"이를 극복하기 위해서는 어떻게 해야 될까요?"
"간결과 순수의 묘약을 복용해서 진실의 몸을 살찌워야지."

사색하는 이유

"철학가들은 사색하는 시간이 많다면서요?"
"많다뿐인가!"

"사색할 때 숲길을 자주 걷는다는데 왜 그렇죠?"
"자네는 왜 그렇다고 생각하나?"

"아마 신선한 공기를 마시며 생각하면 훨씬 더 생각이 깊어지기 때문
이겠죠?"
"그뿐인가?"

"자연의 경치를 보면서 평온한 마음을 가질 수 있을 것이고요."
"내 생각은 그와 다르네."

"달라요?"
"왜냐면, 사색한다는 것은 눈을 감는 것이기 때문일세."

"눈을 감다니요?"
"눈을 감으면 마음이 조용해지기 때문이네."

"그래요?"
"마음이 조용해지면 깊은 정신의 세계가 맑아져 보이는 게 많게 된다네."

"그럼 자주 눈을 감아야겠군요!"
"명심할 것은 눈을 감되 마음의 눈을 감아야 하네."

버릴 것

“어떻게 해야 이 어지러운 세상을 바로잡을 수 있을까요?”

“왜 그런 걱정을 하나?”
“너무 쓸모없는 것들이 많아서 그래요.”

“뭐가 말인가?”
“쓰레기 같은 인간, 쓸모없는 물건 등등…….”

“그것들을 버리고 싶은가?”
“네.”

“이유는?”
“세상에다 해를 끼치니까 그렇죠.”

“그래서?”
“모두 버려 버리거나 없애 버려야 된다는 거죠.”

“그렇다고 모든 문제가 해결되겠나?”

"글쎄요. 그러면 어떻게 해야만 하지요?"
"그것들을 버릴 게 아니라, 저마다 제자리에 갖다 놓는 것이 시급하다
네. 그것들이 각자 제자리에만 놓일 수 있다면 세상은 많이 달라져 보
일 거야."

"그런 논리에 의하면 이 세상은 버릴 것이 하나도 없겠네요."
"맞았어!"

사랑과 美

"성자의 인생을 한마디로 말하면 뭐라 할 수 있을까요?"
"사랑과 의"

"무슨 뜻이죠?"
"성자의 마음밭은 사랑으로 가득 차 있기 때문일세."

"그리고요?"
"그의 길은 의의 발걸음으로 이어져 있고 말일세."

"어떤 길이 의의 길이지요?"
"자기 자신과 미가 조화를 이루고 있는 길이지."

"사랑의 마음을 가지고 의의 길을 걸어가라 이 말씀이죠?"
"잘 말해 주었네."

인자의 씨

"이 세상에서 귀중한 보배가 있다면 뭘까요?"
"인자의 씨라네."

"인자의 씨라고요?"
"인자의 씨는 사랑이라는 배젖과 검소라는 씨눈, 그리고……."

"그리고?"
"겸손이라는 껍질을 갖고 있지."

"그게 인자의 씨란 말이죠?"
"그렇지."

"그게 어떻게 보배가 되나요?"
"그 씨가 자라서 아름다운 인생의 열매를 맺어주기 때문일세. 보배로운 열매지."

아름다운 꿈

"가치 있는 인생을 꾸려 가는 비결이 있을까요?"
"있고말고."

"어떻게요?"
"꿈을 꾸며 살아가는 거지."

"꿈 안 꾸며 살아가는 사람이 어디 있겠어요?"
"자네는 꿈꾸며 살아가나?"

"매일 밤 꿈꿔요."
"그런 꿈이 아닌 비전의 꿈 말일세."

"비전의 꿈이오?"
"그래. 이상의 꿈이지, 사는 의욕을 북돋아 주는 꿈 말일세."

"그러면 이 세상의 현명한 사람들은?"
"아무렴, 꿈을 꾸며 살아간 사람들이지. 그것도 아름다운 꿈을 꾸며 말일세."

행복의 원천

“행복을 어디서 찾을 수 있을까요?”

“글쎄, 어디서 찾을 수 있을까?”
“아마 권력에서 찾을 수 있지 않을까요?”

“그럴까?”
“그렇지는 않은 것 같아요.”

“그럼?”
“돈주머니에서 찾아보지요 뭐.”

“정말?”
“아뇨, 그것도 아닌 것 같아요.”

“그럼?”
“美?”

“글쎄……. 그런 것에서도 아마 행복을 찾기는 어려울 것일세. 내 생각
엔 행복은 덕을 갖춘 우리의 인격에서 오는 것 같으이.”

메아리의 법칙

"산에서 울려오는 메아리는 신비스럽기까지 해요."

"그 메아리를 듣고 생각나는 것 없었나?"
"등산이오."

"그런 것 말고……."
"대범한 인간이오."

"또?"
"맑은 물이오."

"그리고?"
"아름다운 정경이오."

"내가 기대하는 대답은 말일세, 그건 인생은 자신이 베푼 대로 거둔다는 원리일세. 도와주는 대로 반드시 되받는다는 메아리의 법칙 말일세."

有終의 미

"세상에서 자랑할 만한 일이 있다면 뭘까요?"

"어떤 점에서 말인가?"
"생활 속에서 말입니다."

"일하는 생활 말인가?"
"네."

"일은 말일세, 처음과 끝을 분명하게 하는 게 좋다네."
"처음과 끝이라고요?"

"그렇지. 결단하고 시작하여 훌륭하게 매듭을 짓는 태도 말일세."
"저는 중간 과정이 더 중요하다고 보는데요."

"물론 그렇지. 과정에 충실하지 못하면 일 자체가 성립 안 되니까 말일세. 그러나 과정만으로는 일을 완성할 수 없지 않은가?"
"물론 그렇죠."

"자랑스런 일이라고 판정받으려면 반드시 유종의 미를 거둬야만 한다네."

감동을 주는 인생

"이따금 감동을 주는 사람들을 만나곤 하지요."

"자주?"
"아니오. 간혹이오."

"어떤 사람들이었나?"
"글쎄요, 뭐랄까……."

"큰일을 해낸 사람들이든가?"
"꼭 그렇지만은 않아요."

"작은 일을 해낸 사람도 끼어 있었단 말인가?"
"네."

"그들의 공통점이 있었나?"
"네. 변함없는 마음을 가졌다는 점이랄까……."

“어떤 마음?”
“정성스런 마음 같은 거죠.”

“거기다 최선을 다하는 그런 태도를 가졌겠지.”
“맞아요. 그랬어요!”

“정성과 최선을 다하는 인생은 언제 봐도 멋진 거야. 그게 큰 것이든 작은 것이든 상관하지 않고 말일세.”

세 가지 사랑

“사랑에도 종류가 있나요?”
“그럼, 있지.”

“무엇 무엇이죠?”
“에로스, 필리아, 아가페.”

“하나하나 설명해 주세요.”
“에로스는 연인들의 뜨겁고도 정열적인 사랑과 같은 거지.”

“필리아는요?”
“필리아는 진실한 친구지간의 우정 어린 사랑과 같은 거고…….”

“그리고 아가페는요?”
“아가페는 말일세, 종교에서 찾아볼 수 있는 경건하고 헌신적인 사랑을 일컫는 말이라네.”

“어떤 게 가장 아름답지요?”
“이 세 가지를 다 포함하고 있는 어머니의 사랑 같은 게 제일 아름답지. 왜냐하면 실천되지 않거나 활동적이지 않는 사랑은 죽은 거나 다름없기 때문일세.”

사람 농사

"노동자와 비노동자를 어떻게 구별하지요?"

"이는 자네가 더 잘 알지 않나?"
"노동하는 인간과 그렇지 않는 인간이라고요?"

"왜 아닌가?"
"글쎄요. 어떤 점에서는 그 경계선이 애매할 때가 있어요."

"어떤 점에서?"
"어떻든 다 같이 무엇인가에 매달려 일하고 있기 때문이지요.
노동자 피노동자 할 것 없이 모두 다……."

"그래서?"
"그 구분이 석연치 않다는 거죠."

"그 구분을 명료하게 하고 싶은가?"
"네."

"진정한 노동자는 말일세, 농사꾼이 되어야 하네."
"농사꾼이오?"

"그것도 사람 농사를 짓는 농사꾼 말일세. 그런 점에서 이 땅 위에서 사
람 농사에 전력을 기울이는 사람들이야말로 진정한 노동자라고 할 수
있다네."

행복한 직업인

青春생각

“훌륭한 직업인이 되는 길이 있을까요?”
“훌륭하다는 말을 행복하다는 말로 대체해도 되나?”

“네.”
“대답은 간단하지.”

“간단하다니요?”
“간단하고 말고, 우선 자기가 맡은 일에 애착을 가져야 해.”

“그리고요?”
“다음에는 너무 서두르거나 무리하지 말고 일을 추진해
나가는 거야.”

“그런 다음에는요?”
“그 일이 성공하리라는 신념을 갖는 거라네.”

“그러면요?”
“그러면 행복한 직업인의 배지(badge)를 다는 거지.”

물의 정신

"인생 학교가 있다면 좋겠어요."
"인생 학교는 따로 설립되는 게 아니라네."

"그러면요?"
"가령, 물 자체가 인생 학교가 될 수 있잖은가."

"어떻게요?"
"물을 배워 보게나, 쉬지 않고 묵묵히 흘러가는 물은 자연의 원리를 가르쳐 주고 있고……."

"또요?"
"그래서 역사의 법칙과 인생의 지혜를 알려 주고……."

"인내, 겸손 그런 것 말이죠?"
"뿐만 아니라 품을 줄 아는 아량도 갖추고 있고……."

"많은 생명을 살려 주고요."
"나아가 수증기나 비로 다시 베푸는 정신까지 실천하고 있으니……."

"그야말로 지혜로운 철학자로군요."
"그러나 물도 자연의 일부분일 뿐이야."

덕의 숲

"산은 우리를 즐겁게 해줘요."

"어떤 점에서?"
"높은 기상이 멋져 보이잖아요."

"그럴까?"
"물론 푸른 나무숲이 있기 때문이기도 하지요."

"인간도 마찬가지라네."
"네?"

"푸른 나무숲이 없는 인간은 멋져 보이지도 않고 우리를 즐겁게 해주지
도 않는다는 얘기지."

"푸른 나무숲은 무얼 의미하지요?"
"덕을 담는 마음 그릇이지."

총명한 인간

"총명한 인간은 어떤 점을 갖춰야 할까요?"
"우선 마음밭을 진리로 일궈 놓아야지."

"다음에는요?"
"다음엔 탐구 정신을 갖는 거야."

"그리고는요?"
"그리고는 주의 깊게 관찰하고 귀 기울이는 거지."

"그 다음에는요?"
"합리적으로 답을 작성해야지."

"그리고는요?"
"대답하지 못한 부분에는 침묵하고……."

어리석은 자

“세상에서 가장 어리석은 자는 어떤 자일까요?”

“왜 묻나?”
“제가 그런 자가 아닐까 해서요.”

“자네가 어째서?”
“자꾸 약해져서 그렇죠.”

“약해져?”
“네. 일에 점점 자신이 없어지고 또…….”

“또?”
“자꾸 세상이 두려워지고 또…….”

“또?”
“미래가 캄캄해 보여요.”

“희망의 등불이 꺼져서 그러네.”
“희망의 등불이라고요?”

“그렇지. 그건 절망의 재를 남길 뿐이야. 그 재는 쌓여 머지않아 인간을
어리석은 자로 만들고 마침내는 죽음의 병이 들게 하지.”

효도의 길

“효도의 길을 걸어가고자 하는 자들에게 한 말씀해 주세요.”
“효도의 마음은 인류의 유산 중에서도 아주 귀한 보물이라네.”

“알고 있어요.”
“그럼, 효도의 길에 대해서도 알고 있겠군.”

“대략은…….”
“말해 보게.”

“무엇보다 부모를 공경하는 거겠죠?”
“그렇지, 공경하는 마음을 지녀야 하지. 다음은?”

“다음은…….”
“다음은 부모를 욕되게 하지 않는 거야, 부모의 얼굴에 먹칠해서는 불효니까.”

“그 다음은요?”
“부모를 잘 봉양하여 보살펴 드리는 거라네. 부모의 의식주를 말일세.”

“모두 다 당연히 걸어가야 할 길이군요.”
“이게 삶의 한 법칙이라네. 순환법칙과 같은……. 받든 만큼 받듦을 받을 테니까…….”

해탈의 경지

“불교에서 말하는 해탈의 경지에 이르고 싶은데…….”
“단지 희망할 뿐인가?”

“아뇨, 진실로 그 경지에 이르고 싶어요.”
“그러면 우선 벗어나게.”

“무엇에서요?”
“탐욕과 무지와 분노에서 말일세.”

“벗어나기가 그리 쉽나요?”
“집착하지 않으면 되네.”

“글쎄, 그게 쉽지 않을 거라니까요.”
“그러면 자네는 그게 쉬울 거라고 생각했나?”

“아뇨.”
“그럼 내 말을 명심하게. 해탈의 경지에 이르고 싶다면 말일세.”

제2장

꽃에 향기가 따르듯

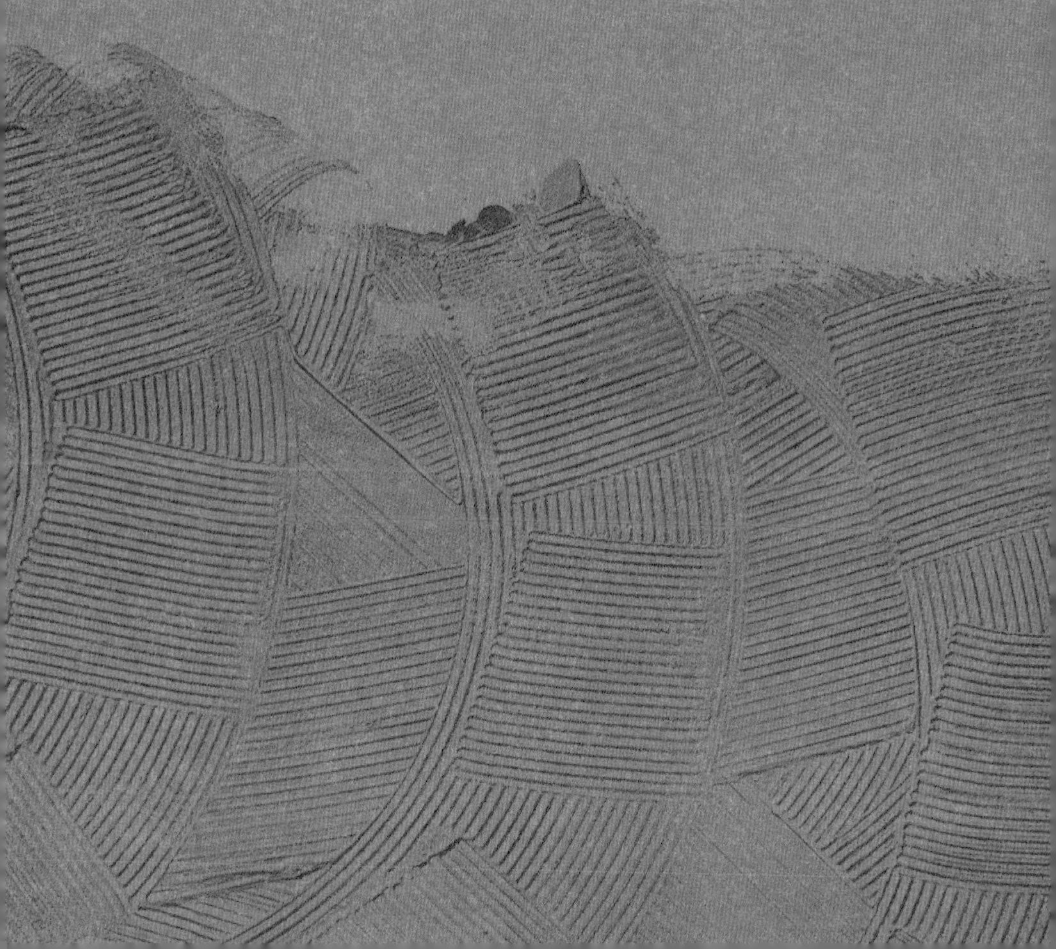

바보의 길

"당신은 성자인가요?"
"아니."

"그럼, 철학자인가요?"
"아니."

"그럼, 점술가인가요?"
"아니."

"그럼 뭐죠?"
"바보."

"바보가 다 가르쳐요?"
"바보는 어떤 질문에도 당황하지 않고 대답할 줄 아니까."

"무슨 대답을 하죠?"
"진리에 가까운……."

"그렇다고 그게 다 진리라고 할 수는 없잖아요?"
"바보는 그저 상대방이 자신을 바보처럼 느끼도록 도와주면 그만이라
네."

바보의 정의

“자기 자신을 바보라고 하셨죠?”
“그랬지.”

“진짜 바본가요?”
“진짜 바보지.”

“바보같이 안 보이는데요?”
“바보는 바보같이 안 보이는 거야. 바보같이 보는 사람이 바보지.”

“말장난 같군요.”
“바보는 바보라고 느끼지 않는 사람의 눈에서만 바보로 보이는 거라네.”

지혜로운 사람

"지혜로운 사람이 되고 싶어요."
"좋은 소망을 가졌군."

"그런데 아무리 노력해도 그렇게 되지 않으니 어쩌죠?"

"절망을 느꼈나?"
"네, 끔찍할 정도로요. 난 참 바보인가 봐요."

"바보라고 했나?"
"네, 바보 같아요, 전."

"그럼 됐어. 매번 자기 자신을 바보처럼 느끼는 사람이야말로 지혜로운
사람이라 할 수 있지."

가슴속의 말

"어떤 말이 우릴 감동시키나요? 부드럽고 감미로운 말인가요? 지혜로운
말인가요? 우렁차고 남자다운 말인가요?"
"글쎄."

"말씀해 주세요. 재치 있는 말인가요? 유머스런 말인가요?
멋지고 우아한 말인가요?"
"글쎄."

"가르쳐 주세요. 제발."
"그건, 가슴속에서 우러나오는 말이 아닐까?"

더 크게 되려면

"큰 사람이 되려면 어떻게 해야 하나요?"

"정말 알고 싶나?"
"알고 싶어요."

"허리가 잘룩한 고무풍선 아나?"
"알고말고요. 그런데 고무풍선이 어떻다는 거죠?"

"한쪽을 작게 하면 나머지는?"
"그만큼 커지지요."

"마찬가지지. 더 크게 되려면 자신이 무한히 작아져야 한다네."

서로의 소원

“제 소원을 말해도 될까요?”
“말해 보게.”

“고달픈 인생에서 제발 벗어나고 싶어요.”

“죽고 싶다는 말인가?”
“그렇지는 않아요. 그저 지긋지긋한 이 눈물을 흘리지 않고 살고 싶다는
거죠. 혹시 소원이 없으세요?”

“왜 없겠나. 있지.”
“그게 뭐죠?”

“그대의 눈물을 닦아주는 것.”

답답하게 된 이유

"세상살이가 왜 이리 답답하죠?"
"세상살이가 답답하다는 건가? 그대가 답답하다는 건가?"

"제 가슴이죠."
"가슴이라고? 그게 어떻다고?"

"가슴둘레에 둘러 처진 검은 그림자가 있어요, 항시."
"그게 뭐라 생각하지?"

"뭐랄까……."
"아마 두려움이겠지. 두려움은 사람을 겹겹이 가둬 버리는 속성이 있
으니까."

바로 사는 것

"안녕하세요!"
"나보다 그대는 어떤가?"

"어떻게라도 살아야죠."
"사는 게 문제로군."

"그럼, 사는 것보다 더 중요한 게 있어요?"
"있고말고."

"그게 뭐죠?"
"사는 것보다 더 중요한 건 바로 사는 자세지. 이게 잘 사는 것보다도 더
중요하다네."

스승의 자격

“가르친다는 게 두려워요.”
“그래?”

“그렇다고 가르치지 않을 수도 없고…….”

“월급 때문인가?”
“아뇨, 장님이 장님을 가르치는 것 같아서요.”

“그럼, 그대가 장님이란 말인가?”
“장님이나 다름없지요. 모르는 게 너무 많으니까요.”

“그런 깨달음이 있느니 그대는 충분히 가르칠 자격이 있군 그래. 그것도
모르고 가르치는 자가 많아서 탈이지. 안 그런가?”

사람의 길

"참이란 뭘까요?"
"거짓과 구별되는 거지."

"참은 어디로 향하지요?"
"우주로."

"그럼, 참은 우주의 길이로군요."
"그런 셈이지."

"그럼, 사람의 길은 뭐죠?"
"그 참을 행하는 거지."

불편한 이유

"왜 마음이 불편할까요?"

"그대의 반쪽 때문이지."
"왜 하필 반쪽이?"

"그대의 반쪽은 무엇이 옳은 것인지를 알고 있지?"
"네."

"그대의 또 다른 반쪽은 무엇이 그른 것인지를 알고 있지?"
"네."

"반쪽은 나머지 반쪽을 무시하기 쉽지. 그래서 싸우는 거야."

가장 무서운 것

"무서워요."

"무엇이 무섭지?"
"사람들의 화난 얼굴이……."

"그보다 더 무서운 것은?"
"주먹."

"그보다 더 무서운 것은?"
"싸움이오."

"그보다 더 무서운 것은?"
"그건……. 아마 분노겠지요."

"그래. 그것보다 더 무서운 것은 아마 없을 거야."

사내대장부

"흔히들 사내대장부 사내대장부라고들 하던대. 도대체 어째야 사내대
장부가 되지요?"
"부귀에 유혹되지 않으면……."

"그러면 되나요?"
"또 가난에 흔들리지 않으면……."

"그리고 또 있나요?"
"총칼 앞에 강아지 꼬리가 되지 않으면……."

"그리고요?"
"혼자라도 외로워하지 않으면……."

진정한 교양인

"교양인이 되는 비결이 있나요?"
"어떤 교양인을 말하는가?"

"진정한 교양인이오."
"먼저, 어떤 처지에서도 당황하지 않아야지."

"그리고는요?"
"그리고는 두려워하지 않아야 하고."

"또 있나요?"
"더불어 마음의 자유함을 잃지 않아야 하고."

행복한 시간

"어떤 때가 가장 행복한 시간일까요?"
"하루 중 말인가?"

"아니오."
"그럼?"

"생애 가운데서요."
"일하는 때지."

"일이오?"
"일을 찾아 일하는 즐거움은 행복을 가져다준다네. 그것도 몰랐나?"

"듣긴 들은 것 같은데……. 그렇지만 일도 일 나름이잖아요?"
"그 중 보람 있는 일을 선택해야지."

생활신조

"당신의 생활신조가 뭐죠?"
"시계를 보지 말라지."

"시계를 보지 말라고요?"
"일하는 데 방해가 되기 때문이야."

"그래도 시계를 볼 수 없으면 불편하잖아요."
"나의 일에는 퇴근 시간이 없다네."

"그렇다 하더라도……."
"내 생활신조를 물었나?"

"네."
"내 생활신조가 그렇다는 말일세."

인간의 한계

"인간에게 한계가 있을까요?"
"나에게 왜 묻나?"

"몰라서 묻지요."
"그럼 한계도 알겠군 그래."

"물론 제 한계는 알죠."
"다른 사람도 마찬가지야."

"사람마다 다르잖나요?"
"뭐가 다른가?"

"가령 능력의 차이라든가,
아이큐의 차이라든가……."
"그 차이들은 결국 한계의 폭을
명확히 해줄 뿐이라네."

철학의 정의

"철학을 좋아하시죠?"
"그럼."

"그렇다면 철학의 정의도 내릴 수 있겠군요."
"그럼."

"그게 뭐죠?"
"죽음의 연습이지."

"네?"
"언제 죽음이 닥치더라도 당황하지 않고 죽음을 맞이할 수 있게 하기 위한 그런 연습 말일세."

"그게 철학이란 말인가요?"
"그럼."

지혜로 가는 지름길

"빨리 지혜로워지고 싶은데……."
"그 비결을 알고 싶나?"

"네."
"그러면 겸손해지게."

"그게 그렇게 중요하나요?"
"교만의 풍선은 잘 터트려지지 않는다네. 그게 지혜로 가는 길을 가로
막지."

"그럼 어떡하죠?"
"그 풍선은 겸손만이 터트릴 수 있다네."

"아하, 그렇게 되면 앞이 잘 보이겠군요."
"이제야 알겠나?"

살아가는 법

"인생을 옳게 살아가는 법에 대해 말해 주세요."
"그대는 이 세상의 어떤 일이나 할 수 있다고 생각하나?"

"아뇨."
"그럼, 할 수 있는 일을 하나만 선택하게."

"어떤 일을 선택하죠?"
"그대의 천성에 맞는 일이지."

"개성을 살릴 수 있는 일 말이죠?"
"그렇고말고. 거기다 사회에 유익하고 가치 있는 일이면 더욱 좋지."

"선택한 다음에는요?"
"그 일에 온 힘과 정열을 쏟아붓는 거지. 얼마나 신나겠어!"

결혼의 의미

“저 결혼할래요.”
“축하하네.”

“그렇지만 두려워요.”
“왜?”

“서로 다른 자신끼리 결합한다는 것이 말입니다.”
“결합은 좋은 거야.”

“서로 자기 자신을 잃을 수도 있잖아요.”
“반면에 서로 자신을 얻을 수도 있잖은가?”

“농담이 아네요.”
“서로 얻을 수 있는 것끼리만 결합하게나.”

“자기 자신을 잃어버리진 않겠죠?”
“서로 상대방에게 잃어버린 자기 자신을 잠시 맡겨 두고 살게나, 그게 인생이잖나!”

꽃에 향기가 따르듯

"행복을 만났으면 좋겠어요."

"만날 수 있지."
"어떻게요?"

"꽃에는 향기가 있지?"
"그럼요."

"꽃에 향기가 따르나? 향기에 꽃이 따르나?"
"그야 물론, 꽃에 향기가 따르죠."

"행복에 자네가 따르는 꼴이 안 되게 하게나."
"알 것도 같아요."

"행복을 얻으려면 꼭 그래야 하네."

정상인

"무슨 일을 하려고 할 때마다 이상한 생각이 들어요."

"이상한 생각이라니?"
"마치 내 자신이 두 개인 것 같아요."

"두 개?"
"하나는 내 자신이고, 또 하나는 다른 목소리를 가진 다른 내 자신이고."

"다른 목소리를 가졌다고?"
"그래요, 매번 그 목소리가 나를 괴롭혀요."

"그 목소리가 두렵던가?"
"그렇기도 해요."

"그럼 됐네. 자네는 아직 귀머거리는 아니야. 아주 정상인이야. 귀머거리가 많아진 이 시대에서는 더더욱."

천하

"천하는 누구 거예요?"
"말 그대로지."

"천하의 것이란 말이에요?"
"말 그대로라니까."

"온 천하 사람의 것이란 말이에요?"
"말 그대로라네."

"온 천하 사람을 위한 천하의 것이란 말이에요?"
"말 그대로일세."

"어떤 한 사람을 위한 천하가 아니란 말이지요?"
"천하의 천하, 말 그대로란 말일세."

진짜 적

“신문 보셨나요?”
“그야 물론.”

“세상에 그런 나쁜 도둑놈들이 어딨어요?”
“세상 사람들이 다 도둑놈들은 아니잖나?”

“글쎄 이 세상이 어떻게 되려고 이러는지 모르겠어요.”
“세상 탓만 하지 말게나.”

“그럼 뭘 탓하죠?”
“바로 우리들 심중에 있는 적들이야.”

“심중의 적들이라고요?”
“우리 마음속에 도사리고 있는 크고 작은 정신의 도둑들 말일세.”

무지함의 정체

"무지하다는 건 어떤 상태이지요?"
"사고하지 않는 상태지."

"사고하지 않으면요?"
"갇혀 살지."

"갇혀 살면요?"
"회의에 빠지지 않지."

"회의에 빠지지 않으면요?"
"다 안다고 생각하지."

"그러면요?"
"무례하지. 그런 자는 허풍의 크기만큼이나 불쌍하다네."

반드시

"세상 철학 하나 말해 주세요."
"'반드시(must be)'를 버리게."

"버려요?"
"'반드시, 꼭, 필연코' 등은 우릴 강박관념에 사로잡히게 하니까."

"그 대신에 택할 것은요?"
"'하면 좋겠다(may be)'야. 그래야 만일 실패해도 헤쳐 나갈 구멍이 남
게 되니까."

"그도 그럴 법하네요."
"반면에, '반드시'를 택해야 할 때도 있지."

"어떤 경우죠?"
"진리를 따르는 경우지, 진리는 반드시 현실로 다가오니까."

사랑의 씨

"이 세상에서 가장 아름다운 게 뭔 줄 아세요?"
"뭔데?"

"여자의 젖가슴이오, 특히 엄마의 젖가슴."
"그럴 것도 같군."

"부정한다는 의민가요?"
"그렇다는 얘기는 아냐."

"비견될 만한 다른 것이라도?"
"사랑의 씨가 있지."

"그럴 것도 같군요."
"그 중에서도 미움의 텃밭에 뿌려진 사랑의 씨가 일급이지."

진리

“진리에 대해 말해주세요.”

“자네부터 말하게.”
“청춘이지요.”

“그리고?”
“정열이지요.”

“그리고?”
“아름다움이지요.”

“그리고?”
“영원이죠.”

“아닐세, 진리는 낙엽일세. 낙엽은 자연의 이치에 순종할 줄 아니까.”

제3장

운명의 무대

결단

"철학한다는 게 결단이라는 말이 있는데, 믿으세요?"
"암, 믿지."

"왜 그렇죠?"
"철학하는 자체가 가치관의 선택을 요구하니까 그렇지."

"선택이라……."
"그렇지, 인생은 선택의 연속이지, 행동도 그렇고, 생활도 그렇고, 인생
관도 그렇고……."

"선택 앞에서 우리는 어떻게 해야 하지요?"
"매번 결단을 내려야지, 용기 있는 결단을."

"그게 어디 쉽나요?"
"그렇게 단정하는 것도 결단의 하나야."

"알겠어요."
"긍정하는 것도 결단의 하나고."

운명의 무대

"연극을 보고 나면 배우들이 그렇게 부러울 수가 없어요."

"어떤 점이?"
"무대 위에서 맡은 역을 멋지게 연기해 내잖아요."

"그게 멋지나?"
"그럼요. 저도 그렇게 할 수만 있다면……."

"그대는 이미 그렇게 하고 있다네."
"제가요? 농담 마세요."

"진담이야. 그대는 이미 운명의 무대 위에 서 있는 거라네. 이제 그대는
오직 그대가 부여받은 역을 잘 연기해 나가면 되는 거야. 현명한 사람은
운명을 거역하지 않는 법일세."

성자

"성자란 어떤 사람이지요?"
"성스런 사람을 말하지."

"어떻게 해야 성스럽다는 말을 듣지요?"
"하늘의 뜻을 거역하지 아니하면."

"하늘의 뜻을 아는 길은요?"
"조용한 시간에 가슴 저 밑바닥에서부터 올라오는 소리를 귀담아 듣는
사람들은 누구나 그 뜻을 알고 있지."

"'누구나'에 저도 포함되나요?"
"물론, 이 세상 어느 누구라도 성자의 길을 걸을 수 있는 거야. 단지 그
길을 선택하느냐 안 하느냐에 달린 거지."

책

"책에는 어떤 유형이 있나요?"
"일시적인 책과 영구적인 책 두 종류지."

"그러면 영구적인 책이 좋은 책이겠네요?"
"암, 영구적인 생명을 갖는 책을 책이라 하지. 나머지는 낙서장이고."

"책은 참 친근한 생각을 들게 해요."
"책은 인생을 담고 있기 때문일세."

"책이 믿음직하게 여겨지기도 하고요."
"그건 책이 진리를 가지고 싸우고 있기 때문일세."

이상한 습관

"당신을 보면 주눅이 들어요."
"왜 그렇지?"

"뭐든 아는 체하고, 꽤나 성숙한 체하기 때문이죠."
"나는 다만 물 흘러가는 세상 이치를 설명하고 있는 것뿐일세."

"아무튼 그래요."
"그래도 아는 대로 지껄일 수밖에 없네."

"보세요, 좀처럼 화를 안 내시는 걸 보면 더욱 그런다니까요. 참 인내심
도 대단해요."
"인내심이 대단해서가 아닐세."

"아니면요?"
"나는 다만 상대방의 모습에서 나의 모습을 읽고 있을 뿐이라네. 그래서
화낼 수 없고 또 그럴 만한 시간도 없다네."

위대한 웅변

“멋진 사람이 되려면 웅변을 잘해야겠어요.”
“멋진 사람?”

“거 있잖아요. 정치가처럼 웅변 잘하는…….”
“잘 한다는 게 유창하다는 말인가?”

“그야 그렇죠. 사람을 웃고 울리는 유창한 웅변술 말이에요.”
“이 사람아, 웅변은 인격이라네.”

“인격이라고요?”
“아무렴, 웅변은 가슴속 깊이에서 솟아오르는 인격 어린 말이란 말일세.
그래야 힘이 있거든. 그래야 감동적인 말이 되는 걸세. 알겠나?”

최상의 처세술

"인간 사회의 물결 속에서 살아남으려면 처세술이 있어야 한다고 봐요."

"어떤 처세술 말인가?"
"원리원칙보다는 변칙을 쓰는 거죠."

"또?"
"정직함보다는 속임수를 쓰고요."

"또?"
"성실함보다는 요령으로……."

"또?"
"바른길보다는 권모술수의 길을 택하는 거죠."

"그래서?"
"얘기하나마나죠. 그래야 마라톤 인생에서 살아남는다는 얘기죠……."

"천만에……. 그건 단거리 경주에서나 통용되는 처세술일세. 마라톤 경주에서 이기려면 그와는 반대의 처세술을 익혀야 할 걸세. 그게 최후까지 살아남을 수 있는 방편이라네."

불로초

“진시황제가 불로초를 구하고자 했다면서요?”
“그랬지.”

“인간의 목숨을 연장시켜 보려고 그랬겠죠?”
“물론.”

“그게 가능한 얘기나 됩니까? 망령이시지!”
“망령이라고만 볼 수 없지.”

“그러면요?”
“진시황제는 불로초를 단지 산에서만 구하려고 했던 점이 잘못이었을 뿐이야.”

“그럼, 다른 데 어디에 불로초가 있다는 말씀인가요?”
“있다뿐인가, 아주 가까운 곳에 있지.”

“어디죠?”
“인간의 머리지, 그곳에서 영원히 죽지 않는 사상이나 신념을 구할 수 있으니까.”

최상의 책략

“일하는 데엔 책략이 필요하겠지요?”
“물론이지.”

“어떤 책략을 세워야 하나요?”
“상대방의 의도를 간파하는 거지.”

“다음에는요?”
“그걸 사전에 봉쇄하는 거야.”

“그 다음에는요?”
“상대방 몰래 상대방의 힘을 약화시키는 거지.”

“그 말은 싸우지 않고 이긴다는 뜻인가요?”
“바로 그거야. 맞싸우는 것은 최후의 수단이어야 해.”

인생의 안내자

“인생의 길을 가는 데 안내자가 제게 필요해요.”
“믿고 의지해도 좋을 안내자가 있다는 건 좋은 거야.”

“누굴 믿고 의지하지요?”
“등불.”

“등불이오? 그렇지만 그걸 들고 걸어가는 사람이 누구지요?”
“자기 자신이지.”

“장님이 장님을 안내하는 편이 낫겠어요.”
“그렇지 않다네. 진정한 자기 자신은 인생의 충직한 안내자인 거야. 그
는 진리를 생각하는 가슴을 가졌거든.”

보물 창고

"이 세상에서 귀한 것이 뭐라 생각하세요?"
"보물."

"에이, 농담이시겠지요?"
"정말!"

"왜 그렇죠?"
"변함없이 빛나니까."

"그렇지만 그것을 저 세상으로 가져갈 수는 없잖아요."
"그래서 보물 창고가 필요한 거지."

"그것도 움직이는 보통 창고여야 되겠네요. 근데 그게 존재하기는 하
겠어요?"
"존재하지. 우리의 기억이 바로 그 창고야."

싸움

"'사람이 산다는 것은 부단히 싸우는 것이다.'라는 말을 어떻게 생각하
세요?"
"이치에 맞는 말이라 생각하네."

"왜 그렇죠?"
"싸우지 않고는 살 수 없기 때문이야."

"누구하고의 싸움이죠?"
"첫째는 인간과 자연과의 싸움이고."

"둘째는요?"
"인간과 인간과의 싸움이고."

"셋째는요?"
"자기 자신과의 싸움이고."

"넷째는요?"
"인간과 죽음과의 싸움이지."

"다섯째는요?"
"미안하지만, 죽고 나면 싸우는 일이 없을 거야."

감옥과 무덤

"살아가는 데 멀리해야 할 것이 있다면 뭘까요?"
"감옥과 무덤이야."

"왜 그렇죠?"
"생각해 보면 알잖나."

"뭘 생각하라는 거죠?"
"그 공통점을 말일세."

"그 공통점이라면 우선 기분 좋지 않은 말이라는 점이죠."

"그리고?"
"어둡다는 느낌이 들고요."

"또?"
"막혀 있다는 점."

"또?"
"나올 수 없다는 점?"

"그 정도면 됐네."

양심의 별

"이 세상에서 빛나는 건 역시 별이에요. 그죠?"
"그건 항상 머리 위에서 빛나지."

"조화롭게 빛나고요."
"제 궤도를 지키면서 빛나고……."

"그리고 찬란하게 빛나죠."
"미의 극치가 따로 없지."

"더욱이 장엄하게 빛나고……."
"그러나 마음속의 별보다는 못 하다네."

"양심 말인가요?"
"그래. 마음속에 있는 그 재판소 말일세."

평안함의 비결

“어떻게 해야 평안함을 얻지요?”
“적게 갖는 거야.”

“재산을 말인가요?”
“욕심을 말일세.”

“얼만큼이나요?”
“더 적게 할 수 없을 만큼.”

“그러면 되나요?”
“또 작게 만드는 거야.”

“무얼 말이죠?”
“자기 자신을 말일세.”

“그렇게 되면 왜소한 사람이 되겠어요.”
“그대가 원하는 건 평안함이었잖나?”

꾸밈없는 나

"삶의 지침 한 가지 들려주세요."
"부단히 세탁하는 거야."

"무엇을요?"
"자기 자신을 말일세."

"그게 쉽나요?"
"그릇의 녹을 벗겨야 하는 이치와 같지."

"하지만 그게 쉽지 않다는 말씀이죠."
"본래의 자기 자신을 되찾기 위해서는 그만한 어려움쯤 감수해야지."

"어디 그게 쉽나요?"
"그놈의 쉬어 쉬어……. 그럼 그대는 천천히 쉬었다 오게나."

영광의 계단

"추앙받는 인간은 행복하겠죠?"
"계단을 오르는 순간에는 그렇지."

"영광으로 향하는 그 계단은 높겠죠?"
"계단이 보일 때까지는 그렇지."

"영광의 가치를 인정하는 거예요? 부정하는 거예요?"
"이 사람아, 나는 지금 그 계단 얘기를 하고 있는 게야."

"계단을 자꾸 강조하는 이유는 뭐죠?"
"계단이란 오르는 데 사용되기도 하지만 내려오는 데도 사용된다는 말
을 하고 싶어서네."

"하기야 역대 영웅들도 다 그 계단을 도로 내려왔지요. 그들의 무덤이
다 땅 위에 있는 걸 보면……."
"그러게 말일세."

건강의 비법

"건강을 지키기 위해서는 어떻게 해야 하나요?"
"지나침이 없으면 되지."

"음식을 말입니까?"
"모든 일에 말일세."

"그것뿐입니까?"
"몸은 바쁘게 놀리고 마음은 평안하게 해야 해."

"저하고는 반대로군요."
"그래선 안 되지."

베풂의 정도

“어떻게 해야 베푸는 거죠?”

“누가 누구에게 말인가?”
“가령 제가 거지에게 말입니다.”

“어떤 때 말인가?”
“그들이 배고파할 때나……..”

“그리고?”
“그들이 구걸할 때나……..”

“그리고?”
“그저 그들이 필요로 할 때는 언제나……..”

“그러면 진정으로 베푸는 것이 아니네. 올바른 베풂이란 상대방이 요구
하기 전에 이루어져야 하기 때문일세.”

연꽃의 아름다움

"연꽃이 참 아름다워요."

"연꽃이 아름답다는 얘긴가?"
"네 그렇죠."

"어째서?"
"뭐랄까, 더러운 흙탕물 속에서 피어났지만 흠 없이 깨끗한 모습을 보여 주기 때문이겠죠."

"그 때문인가?"
"또한 말이죠. 티끌 같은 세상에 얽매이지 않고 더럽혀지지 않을 것 같은 그런 예감 때문이랄까?"

"그뿐인가?"
"대략 그런 이유 때문이겠죠."

"거기에 덧붙인다면 말일세, 연꽃을 아름답게 보는 그대 시선 때문이기도 하지. 안 그런가?"

예술의 존재가치

"예술은 가짜잖아요?"

"왜?"
"꾸며대고 입히고 가장하니까 그렇죠."

"그렇지만 미를 빚어내잖나?"
"그야 물론이죠."

"미는 인간을 정화시키지. 심화시키기도 하고…… 마음속에다 이상의
이미지를 소생시키기도 하고 말일세."
"그래도 가짜는 가짜예요."

"그래도 채찍 없는 인간을 가르치는 스승의 자격을 가졌잖은가."

의심의 정체

"자꾸 의심하기 시작하니 그게 그만 습관이 되어 버리더군요."

"상처가 생기게 되고?"
"네. 고통도 따라요."

"점점 구멍이 커지게 되고?"
"네 허기가 지고요."

"큰 덩어리의 두려움이 엄습하고?"
"네 그래요."

"그러면 깨달아야 해."
"뭘 말이죠?"

"두렵게 하고 허기가 지게 하고, 고통이 뒤따르게 하고 상처가 나게 하
는 정체가 바로 그 의심이라는 쥐새끼라고 말일세."

신념의 효용성

"성공하고 싶어요."
"그러면 신념을 갖게나."

"어떤 신념이죠?"
"'될까'라는 사고를 버리고 '된다'라는 사고를 갖는 식의 신념 말일세."

"저도 그러고 싶어요."
"'싶어요'에서 머물러서는 안 되네."
"신념은 확신에서 출발하니까."

"그러려면 무엇부터 서둘러야 하지요?"
"자신의 인격을 믿어야 해. 그래야 확신이 서게 되는 법이니까."

"확신이 서게 되면……."
"그렇지. 신념을 갖게 되지. 그것은 마력을 지니고 있어서 기적에 가까운 인생을 만들어 내곤 하지. 믿어 보게나. 그 효용성을 말일세."

늙지 않고 사는 법

"청춘이 너무 짧아요."
"당연하지."

"어떻게 늙지 않고 사는 법 없나요?"
"있지."

"어떻게요?"
"콩나물을 스승으로 모시는 거야."

"콩나물을 스승으로요?"
"그렇고말고. 늘 자라고 있는 모습을 몸소 보여 주고 사는."

"그렇다면?"
"자라고 있는 자기 자신을 소유하는 인생은 좀처럼 늙지 않는 법일세."

정비례

"덕을 쌓는 것은 자신을 완성시켜 가는 한 방편이 되겠지요?"
"물론이지."

"덕을 쌓는다는 것을 보다 쉽게 풀이해 주세요."
"덕을 쌓는다고 하는 것은 타인의 행복을 위해 힘쓰는 것이네."

"덕과 타인의 행복이 정비례한다는 얘긴가요?"
"그렇지."

"그게 나 자신의 행복과 어떻게 연결이 되지요?"
"자신의 행복은 타인의 행복 속에 들어 있거든."

침묵의 기능

"사실 인간이 사회적 동물이라서 그런지 몰라도 너무 말이 많아요."
"사실이야."

"반면에 하루 중 침묵을 지키는 시간이 또 너무 많아요."
"그것도 사실이야."

"어디가 더 중요하죠?"
"침묵이지."

"왜요?"
"침묵은 우리 사이에 말로 표현되지 않은 부분들과 사고와 느낌들을 깨닫게 해주니까 그렇지."

악의 본질

"악은 사탄의 전용물인가요?"
"아니야, 악은 정체가 없어."

"그러면 악은 무엇이죠?"
"악은 상대적인 그림자야."

"무슨 말이죠?"
"바라보이는 대상을 그렇게 보면 악이 되는 거야. 악은 존재하는 것이
아니라 만들어 가는 거야, 그림자처럼."

"그러면 악의 본질이……."
"악의 본질은 바라보고 바라보이는 대상들끼리의 불협화음이야. 그것
이 생명을 파괴하고 저해하는 주범이 되고 있으니 놀랍잖나?"

학교의 시원

"맨 처음 학교는 어디서 출발했지요?"
"그대는 알고 있나?"

"잘은 모르지만, 거……. 산보하면서 가르치는 그리스 학교가 최초라지
요, 아마?"
"글쎄?"

"아니란 말인가요?"
"최초 학교는 가정이고, 그 시원은 엄마의 품이라고 생각하네."

"생각해 보니 그 말도 일리가 있네요."
"엄마의 품이야말로 완벽한 도덕의 학교지."

빛과 어둠

"가르침의 원리가 있나요?"
"있지."

"뭐죠?"
"빛과 어둠이 하나 될 수 없다는 것을 그 원리로 삼고 있지."

"그게 다인가요?"
"그리고 빛은 어둠의 의미를 알게 해주고, 어둠은 빛의
의미를 알게 해주는 것을 그 다음 원리로 삼고 있지."

"그리고요?"
"빛은 어둠을 이해하고자 애쓰고, 어둠은 빛을 이해하고자 애쓰는 원리."

"또 있나요?"
"어둠은 빛을 찾아가도록 문을 열어 놓은 채 살아가고, 빛은 어둠 속에
서 가슴을 열어 놓은 채 살아가는 원리 등등⋯⋯."

제4장

깨어있는 생활

연극배우

"연극 좋아하세요?"
"좋아하지."

"저는 아주 싫어해요."
"왜 그렇지?"

"너무 가식적인 것 같아서요. 분장이나 목소리 등이 다……."
"그건 각자 역을 맡아 수행하다 보면 어쩔 수 없는 부분이지."

"세상사를 보는 것 같아서 그래요."
"그렇다면 더더욱 이해의 폭이 필요하지."

"세상은 일종의 연극 무대요, 세상 사람들은 일종의 배우에 지나지 않으니까. 그래서 더더욱 싫어요."
"그러나 자기가 맡은 역을 성실이 수행하는 대목은 멋진 거야."

이상적인 민족주의 국가

"금세기 들어 부쩍 민주주의를 많이 부르짖고 있지요?"
"그런 것 같아."

"그들이 어디로 가고자 하는 것일까요?"
"그대는 어떻게 생각하나?"

"각기 자기 편리할 대로 자기 유익한 대로 이끌어 가고자 하지 않을까
요?"
"구체적으로 말해 보게."

"남보다는 자신을 더 생각하는 쪽으로 몰아가지 않겠느냐고요."
"반드시 그렇지만은 않지."

"반드시라면?"
"개중에는 어느 국가가 위대한 인물을 더 많이 배출하느냐를 경쟁하는
민족주의 국가가 생겨날 수 있을 것이기 때문이야. 그런 나라가 이상적
인 민족주의 국가지."

하등급 현대인

“현대인에게 등급을 매기는 기준이 있다면 무얼까요?”
“정신적인 죄악을 쉽게 저지르는 사람을 하등급으로, 그렇지 않은 사람
을 상등급으로 매기지.”

“정신적인 죄악이란 뭘 말하지요?”
“모르는 것이지.”

“그리고요?”
“모르고도 배우려고 하지 않는 것이지.”

“그리고요?”
“모르면서 아는 체하는 것이고.”

“또 있나요?”
“알면서 실천하지 않는 것이지.”

“또요?”
“알면서 가르치지 않으려고 하는 것이고.”

진실한 문학

“문학의 정의를 내려 주세요.”
“인간 삶의 빈 구석과 허점을 메워 주는 언어예술이지.”

“좀 더 쉽게요.”
“표현할 수 없는 방법으로 설명할 수 없는 인간 삶을 포착하여 전달해 주는 예술이야.”

“가령, 인간의 섬세한 감정이나 정서 같은 걸 말이죠.”
“그렇지. 그 맛을 보지 못하고 살아가는 사람은 아마 여러 반찬 맛을 모르고 식사를 하는 사람과 같을 거야.”

“어떤 게 진실한 문학이지요?”
“소박하고 가식 없이 삶의 파편들을 담담하게 표현하고 있는 문학이지.”

“마치 단아한 여인처럼 말이죠?”
“그래 맞아, 바로 그거야.”

정열의 효용

"정열에 대해 설명해 주세요."
"정열이란 역사의 윤활유야."

"역사가 정열의 소산이란 말이죠?"
"그렇지. 어찌 역사가 뜨거운 정열의 떠받듦이 없이 이루어질 수 있겠
나!"

"다른 측면에서 살펴봐 주시겠어요?"
"에너지야. 인생의 밑거름이 되는……."

"정열만 가지고 일이 이뤄지는 것은 아니잖아요."
"물론이지. 정열의 불을 달고 추진력을 가져야지. 박력 박력 하는데, 이
건 정열의 아들이라네. 그가 제일 아끼는……."

누가 크냐

"사회를 보면 말이죠. 누가 더 크냐 하고 경쟁하거나
자리다툼 하면서 난리법석들인데, 어떻게 생각하세요?"

"그대는 누가 크다고 생각하는가?"
"그야 물론, 대통령이라든가 수상이라든가……."

"그래, 권력의 높은 자리에 앉은 자들을 말하는가?"
"그렇지요. 높잖아요. 그러니 그렇게 자리 욕심을 내지요."

"그러면 말일세. 한 번 산 위로 올라가서 내려다보게."
"빌딩마저도 조그만 성냥갑처럼 보이겠지요, 뭐."

"하물며 신이 내려다보면 어쩌겠나?"
"도토리 키 재기겠지요."

"그러기에 말일세. 뻔한 이치인데 어찌 그 모양들인가 몰라."

현인

“현인은 어떤 사람을 일컫지요?”
“글쎄.”

“박식한 사람이겠지요?”
“글쎄.”

“인생의 경험이 풍부한 사람일까요?”
“글쎄.”

“배울 게 더 없는 사람?”
“글쎄.”

“그럼 어떤 사람이지요?”
“모든 세상사에서 줄곧 배우며 살아가는 사람일 거야, 아마.”

강자

"강자는 나폴레옹 같은 사람을 말하겠지요?"
"나폴레옹이 강자 축에 드나?"

"천하무적이었잖아요."
"그랬나?"

"가령, 징기스 칸을 보세요. 그 용맹을요."
"그렇다고 강자라고 할 수까지야 있나?"

"아니라고요? 그럼 도대체 어떤 이가 강자란 말이죠?"
"아무래도 자기 자신을 이긴 이가 제일 강자라고 할 수 있지 않을까?"

부자

"자본주의가 만들어 낸 낱말이 있는데, 뭔 줄 아세요?"
"자유시장경쟁?"

"그것 말고요."
"부익부 빈익빈?"

"그것도 말고요."
"뭐가 있지?"

"부자라는 말."
"어떤 사람이 부자지?"

"돈 많이 가진 자가 아니겠어요?"
"천만의 말씀, 그건 명목상의 부자일 뿐이지. 실로 큰 부자는 말일세, 자기 분수를 알고 자신의 운명에 만족하며 살아가는 사람이라네."

장수의 비결

"인생은 짧고도 길어요."
"왜 그런 말을 하나?"

"생각할수록 세월이 빨리 지나가는 것 같아서요."
"열심히 살아온 모양이로군."

"한편으론 너무 길게도 느껴져요."
"한 면만 보기 때문일 거야."

"어쨌거나 전 오래 살고 싶어요."
"그 비결을 아나?"

"건강식을 하면요."
"그것보다 말일세, 건강하게 오래 살려면 너무 서두르지 말고 유유히 인생을 살아가야만 하네. 뛰지는 않지만 천천히 그러나 쉬지 않고 인생길을 걸어가야만 한다네. 이를 꼭 명심하게나."

기회

“남들은 다 기회가 오는데…….”
“그대는 오지 않았다는 얘긴가?”

“그런 것 같아요.”
“기회는 바람 같은 거네. 늘 우리 곁에 있지.”

“그런데 왜 저는 아직까지 얻질 못했지요?”
“준비가 안 되어서일 걸세.”

“준비가 안 되다니요?”
“기회가 왔을 때 꼭 붙들어 둘 채비 말일세.”

“그럼, 저의 실수는요?”
“기회가 다가왔을 때 붙들지 못한 것이야.”

지식과 지혜

"참다운 교육 방법이 없을까요?"
"있지."

"그에 대해 말씀해 주세요."
"지식보다는 지혜 쪽을 치중하는 교육을 시키는 거지."

"지식과 지혜를 어떻게 구분하지요?"
"지식은 단편적이고 지혜는 종합적이야."

"다른 차이점은 없나요?"
"지식은 양적인 축적이 이뤄지고 지혜는 질적인 확산이 이뤄지지."

"보다 쉽게 설명해 주세요."
"예를 들면, 물고기를 주는 것이 지식이라 하면, 물고기를 잡는 법을 가르치는 것은 지혜라고 할 수 있지."

현대인의 병

"요즘 유행하는 병이 뭔지 아세요?"

"뭐지?"
"쾌락병이오."

"그보다는 고질병을 앓고 있다네."
"어떤 고질병이지요?"

"자기 자신을 잃어버리고 사는 병."
"그런 사람들 많지요."

"또 자기 자신을 잃어버리고도 그 사실을 깨닫지 못하거나 인정하려 하
지 않는 병."
"그런 사람도 많아요."

"현대인들이 이 고질병에서 어서 빨리 벗어나야 해."

미의 정의

"많은 사람들이 미에 대해 관심이 많은 것 같아요."

"누가 관심을 갖고 있지?"
"철학가나 문학가, 특히 여자들이."

"미에 대해서 알고 싶나?"
"네."

"미란 영원한 기쁨이라네."
"네?"

"그것은 인생에게 순수한 기쁨을 주지."
"네!"

"그래서 미가 없는 인생은 기쁨이 없는 인생과 같다네."

본보기

"교육의 역점을 어디다 두세요?"
"어린이의 성장 쪽이지,"

"요즘 교육의 문제점이 어디에 있다고 보세요?"
"어린이의 성장을 방해하는 부모들의 그릇된 태도야."

"부모들의 어떤 점이 그렇죠?"
"본보기가 되지 못하는 그들의 태도를 지적하는 말일세."

"좋은 본을 보여야 한다는 말이죠?"
"비평보다는 본을 보이는 쪽이 조금 더 낫다는 거지."

가까이에서부터

"진리를 찾는 길은 멀고 먼 것 같아요."
"멀기야 멀지."

"어떻게 그 길을 찾지요?"
"그대 주변에서 찾아보게나."

"눈앞을 말씀하시는 겁니까?"
"그렇지. 우선 쉬운 일부터 시작하는 자세를 가져야 하네."

"그리고요?"
"'우선 나부터, 우선 가까이에서부터'라는 정신이 필요하다네."

비판의 본질

"세상사를 파악하기 위해서는 비판의 눈이 필요하지요?"
"필요하다뿐인가."

"그렇지만 올바른 비판을 하기 힘들잖아요."
"물론."

"마음에 기초한 비판, 파괴를 목적으로 한 비판……. 열거하자면 한없
을 게야."

"어떤 비판의 자세를 가져야 할까요?"
"우선, 부모가 자식을 보는 듯한 애정으로 대상을 바라봐야 하네."

"다음은요?"
"적정한 거리를 유지한 채 대상을 바라봐야 하겠지."

천직과 행복

"사람마다 먹고 살려면 직업을 가져야겠지요?"
"의식주를 위해서도 필요하지."

"그 외 다른 목적도 있나요?"
"있고말고."

"그게 뭐죠?"
"천직을 갖기 위해서기도 하지."

"천직에 특별한 의미라도 있나요?"
"천직이란 말일세, 자기가 선택한 직업을 '하늘이 내려 준 귀한 행복의 샘'이라고 여기는 자에게 어울리는 말이지."

"자기 일을 천직으로 여기고 정성을 다하는 자가 행복을 얻을 수 있다는 얘긴가요?"
"바로 그거야."

덕

“악한 세상에서 살기란 어려워요.”
“그런 말을 하는 이유가 있겠지?”

“있죠. 선한 사람이 살기 어려우니까 그렇다는 거죠.”
“선한 사람이란?”

“왜 거 있잖아요. 덕을 베푸는 사람 말예요.”
“그 사람이 어째서?”

“덕을 베푸는 사람들을 오히려 이용해 먹고 병신 취급하니까 그렇죠.”
“그래서?”

“화가 치밀고 또 외롭고……..”
“그렇게까지 속상해 할 필요 없네. 덕은 외롭지 않다네. 머지않아 친구가 생기고 동행자가 생기고 말벗이 생기고 또 추종자가 생길 테니까……. 그래서 덕은 결코 고립되지 않는 법일세.”

교만과 비굴과 겸손

“자칫하면 도를 지나치기가 쉬운 것 같아요.”
“뭐가 말인가?”

“가령, 행동이나 마음씀에 있어서 말이죠.”
“지나치지 않으려면 올바른 자기 평가가 선행되어야 한다고 보네.”

“지나치면요?”
“그건 자기 자신의 능력을 과대평가하는 거니까 교만의 탈을 쓰게 되는 거지.”

“과소평가하면요?”
“그렇게 되면 자기 자신의 실제 가치보다 훨씬 적게 평가하게 되므로 비굴의 탈을 쓰게 되는 것이고……..”

“올바로 평가하게 되면요?”
“그거야 자신을 바로 보고 걸어가게 되니까 겸손의 경지에 이르렀다고 여겨도 되겠지.”

인간이란 동물

"인간도 일종의 단순한 동물에 불과하다고 봐요."

"어떤 점에서?"
"생존경쟁의 차원에서 볼 때요."

"혹시 특이한 점은 없나?"
"물론 있지요. 가령, 두뇌가 제일 발달했다든가, 언어를 사용하는 동물
이라든가……."

"그리고?"
"적응력이 빠르다든가, 또 창조력이 뛰어나다든가……."

"그 외는?"
"문화 공간을 만들 줄 알고……. 뭐 찾아보면 무한하겠죠."

"그래도 인간이 단순한 동물에 불과할까? 약속을 할 줄 알고 파기할 줄
도 아는 인간이 말일세."

불행의 시원

"인간의 불행은 어디서 올까요, 신에게서 올까요? 인간에게서 올까요?"
"인간의 그릇된 행동에서 온다고 생각하네."

"그릇된 행동은요?"
"그건 그릇된 판단에서 오는 걸세."

"그릇된 판단은요?"
"그릇된 자만심에서 오지."

"그릇된 자만심은요?"
"그릇된 인격에서 온다네."

힘의 원천

"위대한 사람이 될 수 있는 비결이 있을까요?"

"위대한 사람?"
"네."

"되는 비결이야 많지."
"그 중 하나만 가르쳐 주세요."

"훌륭한 탐험가들을 본받으면 돼."
"어떤 점을요?"

"생각해 보게."
"그들의 투지력과 용기와 신념을 말이죠?"

"그보다도 더 중요한 것은 그들의 사명감일세."
"사명감이라고요?"

"그것도 확고부동한 사명감 말일세. 그게 그들에게 힘을 주었고 위대한 삶을 살도록 떠받들어 주었던 거야."

돼지와 인간

"사는 것이 문제예요."
"사는 게 문제가 아니라 어떻게 사는 것이 문제겠지?"

"그게 그거 아니에요?"
"아니지. 그 차이는 엄연히 존재한다네."

"어떤 차이지요"
"돼지처럼 사느냐, 인간처럼 사느냐의 차이지."

"돼지와 인간이오?"
"그래."

"구체적으로 말씀해 주세요."
"돼지는 배만 부르면 만족하며 살아가는 동물이고, 인간은 그렇지 못하는 동물이란 말이지."

"그럼 불만족한 인간이 되란 말이에요?"
"내 말은, 만족한 돼지로 사느니보다는 차라리 불만족한 인간으로 사는 것이 더 낫다는 뜻이지."

깨어 있는 생활

"신이 있다면 우리에게 뭐라 할까요?"

"언제 말인가?"
"바로 지금."

"뭐라고 하겠나?"
"못된 놈들…… 저주 받을진저……."

"글쎄."
"그럼 어떤?"

"아마 이렇게 물을 거야."
"어떻게요?"

"너는 지금 어디 있느냐?"
"그뿐인가요?"

"너는 지금 무엇을 하고 있느냐?"
"그럴 법하네요."

"그 두 가지 물음에 떳떳이 대답할 수만 있다면 인간은 깨어 있는 생활
을 하고 있다고 여겨도 좋을 거야."

스스로 돕는 자

"젊은이들에게 들려주고 싶은 격언이 있다면 말씀해 주세요."
"하늘은 스스로 돕는 자를 돕는다."

"스스로 돕는 자라면 어떤?"
"바탕이 되어 있는 사람이지."

"바탕이오?"
"태만과 부패로 썩어 있지 않은 자 말일세. 썩은 나무에 조각할 수야 없지 않은가."

"기초 교육이 잘 되어 있어야 한다는 말인가요?"
"그렇지. 그것도 억지가 아닌 자의에 의해서 말일세."

"그렇다면 본인이 하려고 하는 정성과 노력이 무엇보다 필요하겠군요."
"바로 그거야. 말을 강가로 끌고 갈 수는 있어도 말에게 물을 억지로 먹일 수는 없다잖아!"

강대국과 약소국

"언제나 약소국은 강대국의 그늘에서 놀아나야만 되나요?"

"언제나라니?"
"언제나 그래 왔잖아요?"

"누가 그러던가?"
"누가 말해서 아나요? 척 보면 알지요."

"강대국과 약소국의 개념을 아는가?"
"세계를 지배하고 호통치고 좌지우지하느냐, 그렇지 못하느냐 차이죠."

"글쎄."
"아니란 말씀인가요?"

"난 말일세. 이제까지 자네가 말한 그 강대국이 인류에 기여하고 업적을 남기고 은혜를 끼친 것을 한 번도 본 적이 없네. 그게 어디 강대국이라 할 수 있겠나?"

어울림

"아름다움이란 어디서 묻어날까요?"
"어울림에서지."

"무슨 뜻이죠?"
"장소와 시간에 조화되면 어울림이 이뤄진 거라네."

"장소에 대한 예를 들어 주세요."
"떡이 그릇에 있는 경우와 시궁창에 있는 경우와는 다르지?"

"제자리에 있어야 한다는 말이로군요."
"그렇지."

"그럼, 시간에 대한 예를 들어 주세요."
"침묵을 지켜야 할 때 지껄이는 경우야."

"때에 맞게 행동하라는 뜻인가요?"
"그렇고말고, 제때 제자리에 놓인 것치고 아름답지 않은 것 보았나?"

어려운 탐험

"탐험가들은 고생이 많았겠어요."
"이루 말할 수 없는 지경을 많이 만났겠지."

"아프리카 탐험이나 아마존 강 탐험은 정말 힘들었겠어요."
"북극탐험은 어떻고?"

"그러게 말예요."
"그러나 그보다 더 힘든 탐험이 있다네."

"그게 어떤 탐험이죠?"
"거짓된 자기 자신의 숲을 헤치고 나아가 진정한 자기 자신을 만나보는
탐험 말일세, 그게 정말 어렵다네."

제5장

그릇의 행복

마음의 안경

"나비의 눈은 인간의 눈과 다르다면서요?"
"다르지."

"어떻게 다르지요?"
"인간의 눈은 여러 광선을 확인할 수 있는데 비해 나비는 그렇지 못하
다는 차이지."

"꽃들의 색깔도 다르게 보이겠네요?"
"그렇다마다, 나비는 색깔의 진함과 연함의 차이로 꽃을 식별해 낸다네."

"신기하네요."
"신기할 것까지야 있나, 인간도 그런 걸."

"인간도요?"
"생각해 보게, 인간도 마음먹기에 따라 세상이 달라져 보이지 않는가
말일세."

"그건 그래요."
"허무하게 보면 허무하고 즐겁게 보면 즐겁고, 슬프게 보면 슬프고……
그래서 인간은 마음의 안경을 잘 끼워야 한다네."

활동의 보람

"감옥에 갇혀 있는 자는 불쌍해요."

"왜지?"
"갑갑할 테니까요."

"갑갑함은 활동할 수 없는 데서 오는 거라네."
"'활동할 수 있다는 건 축복이다'라는 말씀처럼 들리는군요."

"맞는 말이야. 활동한다는 것은 살아서 움직인다는 것이거든."
"그렇군요."

"살아서 움직인다는 건 생명력이 있다는 것이고……."
"그래요."

"생명력이 있다는 건 존재하고 있다는 것이고."

사랑이라는 존재

“시체를 보관하는 게 낫습니까, 화장시키는 것이 낫습니까?”
“아무려나.”

“그래도 한 가지를 택하라면요?”
“화장시키는 거.”

“그 이유는요?”
“언젠가는 다 없어질 것이니까. 한 가지만 빼놓고는 말일세.”

“사리 같은 거요?”
“아닐세.”

“그럼 뭐죠?”
“인간의 죽음과 시체가 태워 없어져 버리거나, 시체로 썩어 없어져 버리거나 간에 한 가지 이 땅에 남기고 가는 것이 있다네.”

“그게 뭐냐니까요?”
“사랑이야.”

무서운 벌

"죄수에게 주는 형벌 중에서 가장 무서운 것은 무얼까요?"
"글쎄."

"아무래도 독방 안에 가두는 것일 거예요. 그죠?"
"글쎄."

"생각해 보세요. 빠삐용 영화에 나오는 그런 섬 말예요."

"고립된 섬 말이지?"
"그래요. 인간 사회로부터 단절된 섬 생활이 얼마나 따분하겠어요."

"그보다도 더 고통스러운 것은 권태라네."
"권태라고요?"

"권태는 인간을 무의미와 죽음의 길로 몰아넣고 말지."

천성과 습관

"인간을 습관의 묶음이라고 표현하기도 하는데 어떻게 생각하세요?"
"맞는 말이야."

"왜 그렇죠?"
"인간은 자라면서 여러 습관을 갖게 되지."

"물론 그렇죠."
"그 습관들이 모여 그의 인생을 이루게 되기 때문이야."

"그래도 천성이 많이 작용하겠죠."
"물론 사람마다 천성이 있지. 그러나 습관은 제2의 제3의 천성을 만들어 놓는다네. 그러니 인생은 수천 개의 천성을 갖게 되는 거지. 그래서 좋은 습관을 갖지 않으면 안 되는 거라네."

성자가 못 되는 사연

“인간이 한계가 있는 건 사실이지요?”
“그렇지.”

“그런데도 인간이 성자가 될 수 있다는 건가요?”
“그렇지.”

“어떤 인간이나 말이죠?”
“그렇지.”

“어떻게 그게 가능하죠?”
“만약 인간이 가능한 것만 재고 계산하는 습관을 버린다면.”

만남의 의미

"도대체 인생이란 뭘까요?"
"만남이지."

"네?"
"서로의 만남이 인생을 만들어 간다는 뜻이야."

"어떤 만남이어야 하죠?"
"겉과 겉의 만남이 아닌 인격과 인격이 만나는 그런 만남……."

"그렇다면……."
"깊고 성실한 만남이 되는 거야."

"그렇게 되면요?"
"인생의 의미를 맛보게 되겠지."

나의 시대

“차라리 죽고 싶어요.”
“차라리?”

“이대로 사느니 죽는 것만 못해서 그래요.”
“무엇 때문에?”

“고통 때문이지요. 헤어날래야 헤어날 수 없는 고통…….”
“그게 바로 먹구름이지.”

“먹구름이오?”
“하늘에 잠시 깔린 먹구름 말일세. 그러나 그건 언젠가는 걷히게 되지.
다만 우리는 기다리는 수밖에. 자기의 시대가 오기를 인내하며 묵묵히.”

그릇의 행복

“저는 부자가 되고 싶어요.”
“좋지.”

“그리고 자선사업가도 되고 싶어요.”
“좋지.”

“그러나, 부자가 되고 동시에 자선사업가도 되기는 어렵겠죠?”
“글쎄, 그대는 그릇의 용도를 아나?”

“뭘 담는 데 사용하죠.”
“그뿐이나?”

“또한 쏟아붓는 데도 사용하죠.”
“맞았네. 바로 그거라네. 그게 그릇의 행복이기도 하지.”

노 맨

"의인이란 어떤 사람인가요?"
"노 맨이지."

"무슨 뜻이지요?"
"그르다고 생각할 때 노라고 말할 줄 아는 사람이란 말이지."

"매사에 긍정적으로 보라고 하셨잖아요?"
"예스라고 대답하는 건 어렵지 않아."

"물론이죠."
"예스 맨은 이 땅에 너무 많아."

"균형이 맞지 않다는 건가요?"
"아니지. 노 맨이 의외로 적다는 얘기지."

직업에의 애정

"직업에 대해 말씀해 주세요."
"직업과 업과 일은 한 형제야."

"무슨 뜻이죠?"
"일과 업과 업적과 공적도 한 형제야."

"무슨 뜻이죠?"
"인생과 시간과 일과 업도 한 형제야."

"무슨 뜻이냐니까요?"
"직업인과 예술가는 한 형제야."

"'형제의 의미'라고 하니까 알 것도 같네요."
"그래야지, 형제의 정처럼 귀한 건 이 세상에 없을 테니까 말일세."

생의 의미

“무의미해요.”

“뭐가 말인가?”
“생의 의미가 말이에요.”

“왜지?”
“찾아도 찾아도 찾을 수 없으니까 그렇죠.”

“자네가 말인가, 철학자가 말인가?”
“제가 말이에요.”

“계속 찾고는 있나?”
“지칠 정도로요.”

“그럼 자네는 이미 생의 의미를 만난 거야.”

선택의 기회

"하나님이 미워요."

"왜?"
"이 땅에 선과 악을 같이 만들어 놓았으니까요."

"아닐세. 하나님은 단지 그걸 선택할 기회를 주신 거라네."
"악은 숨기고 선만 내놓으면 되었을 것 아녜요?"

"그러면 선택의 기회가 없어진데도?"
"없어져도 좋아요."

"그렇게 되면 인간이 어떻게 되겠나?"
"어떻게 되다니요?"

"아마 로봇 천국이 될 걸세."

책임 소재

"이 땅에 악이 판을 쳐요."
"그렇더군."

"강도, 살인, 폭행, 도둑질, 강간……."
"끔찍한 세상이 되어 버렸어."

"이게 누구 책임이지요?"
"그대는 어떻게 생각하나?"

"전적으로 신의 책임이지요."

"왜?"
"사람을 그렇게 만들어 놓았으니까요."

“하나 물어보세.”
“그러세요.”

“닭이 알을 낳았는데 그걸 여우가 깨뜨려 버렸네. 누구 책임인가?”
“여우지요.”

“그렇지. 그건 깨뜨린 쪽에 책임이 있는 법일세. 더불어 그 깨뜨린 쪽만
바라보고 있는 사람들에게도 책임이 있고 말일세.”
“당연하지요.”

“암, 너무나 당연하고 말고……. 단지 우리는 깨뜨려질 염려에도 불구하
고, 그리고 또 엄연히 깨뜨려지고 있는데 도 불구하고, 깨뜨려지지 않은
쪽만 바라보고 알을 낳고 있을 뿐이지. 간단한 진리를 인간이 망각하고
있는 게 탈이란 말일세.”

시간 쌓기

"시간을 모아 두고 싶어요."
"그러게나."

"어떻게 쌓아두죠?"
"생각해 보게."

"방구석에 처박혀 잠이나 자두면 어때요?"
"그러면 쌓아지겠나?"

"아뇨, 그럴 것 같지는 않군요."
"그럼 어떻게 하지?"

"나이를 거꾸로 먹는 방법은 없나요?"
"그렇다고 시간이 쌓여지나?"

"아뇨, 그럴 것 같지도 않아요."
"그러면?"

"묻지만 말고 가르쳐 주세요."
"시간을 쌓아 두는 방법이 하나 있지. 그건 시간을 신나게 퍼 쓰는 거야,
아끼지 말고……."

덕 있는 사람

"덕 있는 사람이 되려면 어떤 점을 주의해야 하나요?"
"우선 절제할 줄 알아야 하지."

"음식 같은 거 말이죠?"
"모든 걸 말일세."

"그리고요?"
"쓸데없는 말을 뱉지 말고……."

"그리고요?"
"중용을 지켜야 하네."

"그리고요?"
"타인에게 손해 끼치지 않아야 해."

"그 이상은 없나요?"
"그 이상은 몰라야 하네. 알겠나?"

필요한 양식만

"소원을 갖는다면 말이죠."
"그래 무슨 소원을 갖겠나?"

"부자가 되게 해달라고요."
"부자라?"

"네. 풍족하고 여유 있는 인생을 꾸려 갈 수 있으니까요."
"나라면 그런 소원을 갖지 않겠네."

"그럼, 다른 걸 갖겠어요? 가령 명예나 성공이나 그런?"
"그런 것도 갖지 않겠네."

"그러면 어떤 소원을 갖겠어요?"
"나라면 말일세, 내게 오직 필요한 양식만 달라고 하겠네. 부자로도 말
고 가난하게도 말고……."

불가능에서 가능으로

"자신감을 갖는 비결에 대해 가르쳐 주세요."
"불가능과 가능의 차이를 배우면 되지."

"그 차이는 뭐죠?"
"하나는 '할 수 없다'고…….”

"나머지는 '할 수 있다'겠군요."
"그렇지. '없다'자리에 '있다'가 있을 뿐이야."

"간단한 구별이군요."
"머릿속에서 자꾸 '있다'쪽으로 관심을 기울이면 진짜로 '있다'가 되는 거야."

"그 정도는 쉽겠네요."
"여기에는 진심이 필요하다네. 그래서 쉽고도 어렵지."

들을 귀

"상대방을 내 편으로 끌어들이는 효과적인 방법이 없을까요?"
"있지."

"어떤 방법이죠?"
"들을 귀를 갖는 거야."

"입은 필요 없고요?"
"들을 귀만으로도 충분해."

"어째서요?"
"상대방 말을 귀로 쏘옥 빨아들여 버리는 거야. 그렇게 되면 상대방은
할 말이 없게 되고 결국 두 손을 번쩍 들고 걸어 나오게 될 테니까."

거지의 선물

"거지를 도와주어야 되나요?"

"왜 묻나?"
"아무 일도 안 하고 저렇게 길거리에서 종일 주저앉아 구걸하고 있으니까 그렇죠."

"그래서 어떻다는 얘긴가?"
"얄밉다 이거죠."

"이유는?"
"일하는 정당한 대가를 요구하는 것도 아니고 저건 어디까지나 비렁뱅이의 게으름을 보는 것 같아 기분이 좋지 않아서죠."

"그리고?"
"뭐랄까, 그저 백해무익한 사람들이라고 생각해요."

"아닐세. 그들이 그대들에게 주는 선물도 있다네."
"선물이요? 거지가 언제 무엇을 우리에게 선물해 주었다는 거죠?"

"자유지. 선택의 자유……. 그들을 도와줄 수도 있고 그렇지 않을 수도 있는 그런 자유 말일세. 또한 삶의 가치와 기준을 돌아보게 해주는 계기판을 항상 선물해 주고 있지 않나!"

땀방울

"졸음이 와요."

"이 땅에서 고귀한 게 뭔 줄 아나?"
"다이아몬드요."

"그보다 더 고귀한 것은?"
"학문이요."

"그보다는?"
"사랑이요."

"그보다는?"
"더 고귀한 것도 있나요?"

"일하면서 흘리는 땀방울이 있지 않은가!"

즐거운 생활

"인생을 즐겁게 살려면 어떻게 해야 할까요?"
"그러려면, 과거에 얽매이지 말아야 해."

"그리고요?"
"현재에 충실하는 거지."

"그리고요?"
"미래는 하늘의 뜻에 맡기고 사는 거야."

"또 있나요?"
"그 정도면 즐겁게 사는 데 지장이 없잖을까!"

어려운 것

"가능할까요?"
"뭐가 말인가?"

"'죽는 날까지 하늘을 우러러 한 점 부끄럼 없기를…….' 이 시처럼 말입니다."
"그 시가 어떻단 말인가?"

"부끄럼 없이 살기가 그렇게 쉽지 않잖아요?"
"그렇지."

"어떻게 하면 그렇게 할 수 있을까요?"
"거짓말하지 않고 살아가는 길을 택하는 거지."

"그게 어디 쉽나요?"
"인생에서 가장 실행에 옮기기 어려운 게 바로 그거라네."

"어려운 만큼 가치가 있겠죠?"
"그걸 말이라고 하나."

철학의 목적

“철학 철학 하는데 도대체 철학을 어디다 써먹지요?”
“도구로 쓰지.”

“무슨 도구로요?”
“지혜를 사랑하게 하는 도구 말일세.”

“그 도구는 언제 사용되지요?”
“인간의 불행과 타락을 미리 방지하기 위해서라면 언제든지 사용되지.”

“그 궁극적인 목적은 뭐죠?”
“인간이 바로 생각하고 바로 살도록 도와주는 거야.”

가장 아름다운 것

"이 세상에서 가장 아름다운 게 뭔지 아세요?"
"글쎄……."

"저는 어머니의 눈망울이라고 생각해요."
"글쎄……."

"물론 여자의 육체도 아름답고요."
"글쎄……."

"특히 여자의 젖가슴은 더욱 아름답고요."
"글쎄……."

"제 말이 틀렸나요?"
"아니, 다만 어린애에게 젖을 물리고 있는 어머니의 모습이 자꾸 떠올
라서 그래."

최고의 날

"생애에서 가장 기뻤던 날은 언제였나요?"
"글쎄."

"결혼한 날이었나요?"
"글쎄."

"집을 사는 날이었나요?"
"글쎄."

"성공한 날이었나요?"
"글쎄."

"어떤 날이 제일 멋졌느냐고요?"
"나에게 그런 날이 있었다면 나의 인생 목적을 발견하던 날이었을 거야, 아마."

경계선

“인간은 과연 만물의 영장일까요?”
“그럼.”

“그런 인간이 아귀다툼 속에서 살아가요?”
“가령?”

“마약 전쟁만 봐도 그렇죠?”
“그게 다 속없는 사람들 때문이야.”

“단지 그런 이유 때문일까요?”
“자신의 한계를 모르는 무지함 때문이지.”

“무지하다고요?”
“자신의 무지함을 모르는 무지한 사람들 말일세. 우리 모두 그 경계선을
뛰어넘지 않으면 안 된다네.”

제6장

깨달음의 거울

우주의 본질

"변해도 변할 수 없는 우주의 본질은 무엇인가요?"
"그건 사랑이지."

"가족과 함께 하거나 연인과 함께 했을 때 행복하다는 얘기죠?"
"어느 곳이건 사랑이 함께 해야 평화로운 법이라네."

"언제나요?"
"어느 때건 사랑과 동행해야 행복하다는 거지."

사랑의 능력

"동물이나 식물은 무엇으로 자라나요?"
"아기가 엄마의 사랑을 먹고 자라듯이 우주의 동물계나 식물계도 마찬
가지지."

"사랑으로 자라고 성장한다는 거군요."
"그렇지. 그 사랑으로 성장하여 열매 맺고 꿈을 꾼다네."

"사랑이 생명체로 들어가면 어떤 일이 일어나죠?"
"사랑이 생명체에 들어와 일치되면 능력을 최대로 발휘하게 되지."

얼음 가시

"무의식에 대해서 좀 더 자세히 설명해 주세요."
"무의식 속에는 긍정의 기억과 부정의 기억이 떠돌고 있지."

"긍정의 기억이라면 즐거웠던 추억들을 말하나요?"
"그것들을 포함한 큰 개념이지."

"큰 개념이라면?"
"긍정의 기억은 사랑을 향해 열려 있다네."

"그래서 제가 긍정의 기억들을 떠올리면 즐겁고 행복했군요!"
"그렇다네."

"그럼, 부정의 기억들은 뭐를 말하는 거죠?"
"부정의 기억들은 얼음 가시를 달고 있지. 그게 우리를 괴롭히는 거야."

"배신을 당했거나 모욕을 당했을 때 참을 수 없이 힘들죠."
"힘든 걸로 끝나던가?"

"아니요. 미움과 분노로 제 자신을 제 스스로가 더 힘들게 해요. 일종의 자학이죠."
"그게 얼음 가시라네. 부정의 기억을 갖고 있으면 날카로우면서도 차가운 얼음 가시가 수시로 자기 자신을 찌른다네."

"상상만 해도 끔찍해요. 제 온몸을 수시로 얼음 가시로 찌르고 있다니요. 그것도 제가 스스로 만든 얼음가시로!"

의식과 무의식

“과거로부터의 아픈 기억들을 지닌 채 살아가는 게 힘들어요.”

“그게 가장 힘든가?”
“현실을 의식하면서 살아가는 것도 힘들구요.”

“인간은 누구나 의식과 무의식을 품고 살아가는 걸세.”
“네?”

“기억 너머에 있는 감정들은 모두 무의식에 스며들어 있는 법이지.”
“과거의 기억들과 감정들이 왜 저의 발목을 붙잡고 있는 거죠? 이미 지나가버린 것들인데”

“의식은 무의식의 영향을 수시로 받는다네. 그 무의식이 현재의 자네를 좌지우지하는 거지.”

사랑의 빛

“어떻게 하면 얼음 가시들을 떨칠 수 있나요?”
“……”

“얘기해 주세요.”

“정말 알고 싶나?”
“네.”

“부정의 기억이 달고 있는 얼음 가시는 빛이 비출 때만 사라지는 법이
라네.”
“빛이요? 무슨 빛이요?”

“사랑의 빛이 비출 때만이 사르르 녹아 사라진다네. 부정의 기억이 몸과
의식과 무의식을 지배하지 못하도록 매일 기도하게나.”

스며드는 기도

"어떤 기도를 드려야 하나요?"

"우주의 본질인 사랑이시여
우주의 긍정의 에너지와
우주의 긍정의 힘과
우주의 긍정의 사랑을
넘치도록 부어 주서서
오늘 하루도
즐겁고도 알차게 보내도록
도와주소서.
이렇게 기도하면 우주의 본질인 사랑이 우리의 몸과 의식과 무의식과
영혼 속으로 소르르 스며들게 된다네."

無의 상태

“사랑이 부정적인 기억에 어떤 영향을 주나요?”
“온몸과 의식과 무의식과 영혼에 우주의 본질인 사랑이 가득 차게 해
야 하네.”

“가득 차게요?”
“가득 차게 되면 무의식 속의 부정적 기억들은 無의 상태가 되어 버리
지.”

“다 사라진다는 얘긴가요?”
“그렇다네. 더는 악영향을 끼치지 못하지.”

평온과 평화

"무의식의 부정적인 기억이 악영향을 끼치지 못하면 우리는 어떻게 살아가게 되나요?"
"무의식 속의 부정적인 기억이 무의 상태가 되면 평온해지지."

"평온해지면요?"
"무의식 속의 긍정적인 기억이 행복하게 빛을 발하게 되는 거라네. 그러면 항상 행복하지."

"무의식 속에 드뎌 평온과 평화가 찾아오는 거네요."
"그런 셈이지. 자연스럽게 매사에 감사가 넘치게 된다네."

감사의 기도

“기도에 대해 한 말씀 해주세요.”
“기도 중 최고는 감사의 기도라네.”

“감사의 기도라구요?”
“감사의 기도를 시작하면 행복이 몰려오지. 자기 자신에게 주어진 모든 것에 감사하는 기도 말일세.”

“기도의 순서는요?”
“먼저 자기 자신이 살아 있음에 감사하고.”

“그리고요?”
“하루 24시간을 매일 매일 무상으로 선물 받게 된 것에 감사하고.”

“또요?”
“자기 자신에게 허락된 여생에 감사해야지.”

“감사하고 감사하고 또 감사하라는 말씀이군요.”
“그렇지.”

사랑 고백

"감사의 기도 후에는 뭘 해야 하나요?"
"사랑 고백을 해야 한다네."

"어떻게 어떤 내용으로 고백하죠?"
"사랑합니다, 사랑해요, 사랑해, 이 말을 수없이 반복하는 거지."

"그래도…… 무엇을 사랑한다고 해야 하잖아요? 대상이 있어야죠."
"우주를 사랑해요
내 몸을 사랑해요
내 맘을 사랑해요
내 의식을 사랑해요
내 무의식을 사랑해요
내 영혼을 사랑해요
내 인생도 사랑해요
내 여생도 사랑해요
내 직업도 사랑해요
내 하루도 사랑해요
내 주변도 사랑해요
내 꿈도 사랑해요
등등…….
'자기 주변의 모든 것을 사랑해요'라고 하면 된다네."

깨달음의 경지

“자네는 사랑을 해 봤나?”
“사랑했었죠.”

“사랑할 때 어떠하든가?”
“모든 게 다 아름다워 보였지요. 하루하루가 신비로웠어요.”

“그게 바로 사랑의 힘이라네.”
“사랑의 힘이요?”

“사랑을 고백하고 사랑을 믿고 사랑을 받아들이는 게 중요하지.”

“그러면요?”
“사랑은 의식과 무의식과 영혼을 충만하게 하지.”

“충만하게 한다구요?”
“마침내 자기 자신이 사랑과 하나가 되는 거지.”

“하나가 되면요?”
“마침내 깨달음의 경지에 이르게 되지.”

깨달음의 거울

“사랑으로 깨달음의 경지에 다다를 수 있나요? 도대체 깨달음이 뭐죠?”
“깨달음은 우주의 본질인 사랑과 하나가 되어 그 사랑을 반사하는 거
울이라네. 깨달았다는 것은 그 거울을 갖게 되었다는 뜻이기도 하지.”

“자세히 말씀해 주세요.”
“깨달음에 이르게 되면
관조의 눈길과
관조의 가슴과
관조의 마음과
관조의 영혼을
갖게 된다네.”

사랑의 실천

"깨달음의 거울을 가졌다면 그 다음에는 무엇을 해야 하나요?"
"깨달음의 거울을 가지게 되면, 그 다음에는 우주의 본질인 사랑을 반사하는 삶을 실천하며 살아가야 한다네."

"사랑을 반사하며? 어떻게요?"
"사랑의 실천은 깨달음의 거울로 우주의 본질인 사랑을 반사하며 살아가는 삶을 말하는 거지. 사랑을 실천하면 온몸의 피와 의식과 무의식과 영혼은 행복으로 넘실거리게 되지."

마음신

"사랑을 실천하면서 숨을 거두는 마지막 순간까지 나아가면 마음신에
이르게 된다네."

"그럼, 저도 어느 땐가는 마음신이 될 수 있겠네요?"
"누구나 다 가능하지. 마음신의 영혼은 우주의 본질인 사랑과 합류하
게 된다네."

"합류하면요?"
"마음신의 영혼과 합류한 우주의 본질인 사랑은 더욱더 밝게 빛나며 우
주의 본질을 보다 원대하게 완성해 나간다네."

행복한 삶

"평온한 삶을 살고 싶어요."
"날마다 그런 삶을 추구하면서 살아가면 되지."

"그게 말처럼 쉽지만은 않아요."
"자네는 진정으로 평온한 삶을 살고 싶나?"

"네."
"그럼, 세 문장만 틈나는 대로 반복하면 된다네."

"세 문장만요?"
"그렇지. 입으로 맘으로 가슴으로 날마다 반복하면 된다네."

"반복하기만 하면 평온해진다는 건가요?"
"그러면 마음이 맑아지고 고요해지고 평화로워지고 행복해진다네."

"그 세 문장이 뭔데요?"
"깊이 수용합니다. 깊이 감사합니다. 깊이 사랑합니다. 오늘부터 지금 이 시각부터 이 세 마디를 수시로 반복하게나. 행복한 여생을 위하여, 행복한 나날을 위하여, 행복한 지금을 위하여"

장점 찾기

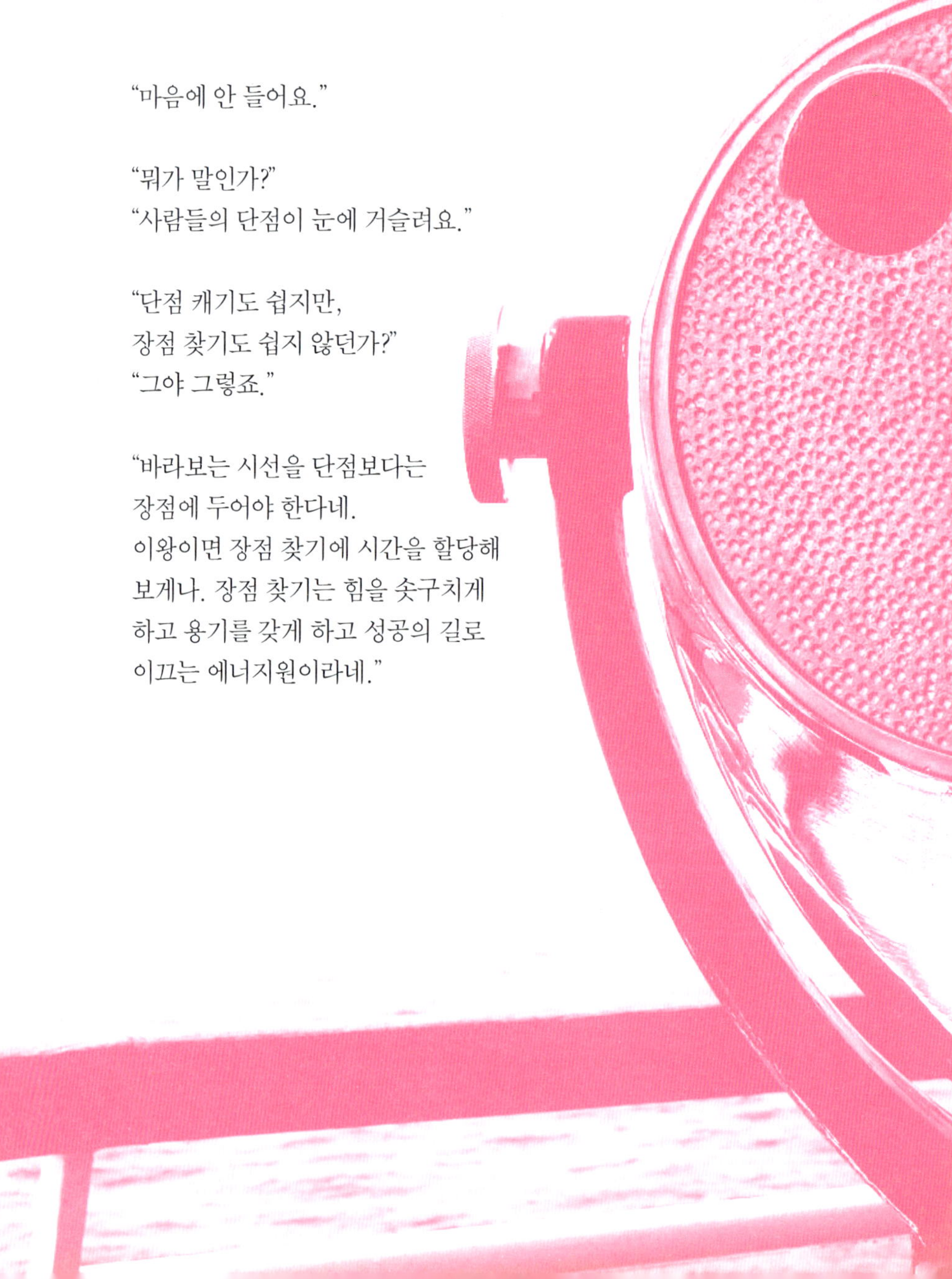

“마음에 안 들어요.”

“뭐가 말인가?”
“사람들의 단점이 눈에 거슬려요.”

“단점 캐기도 쉽지만,
장점 찾기도 쉽지 않던가?”
“그야 그렇죠.”

“바라보는 시선을 단점보다는
장점에 두어야 한다네.
이왕이면 장점 찾기에 시간을 할당해
보게나. 장점 찾기는 힘을 솟구치게
하고 용기를 갖게 하고 성공의 길로
이끄는 에너지원이라네.”

영혼의 긴 대롱

"긍정의 삶을 살아라는 말이 있는데 어떻게 해야 그런 삶을 살 수 있나요?"
"그대의 영혼이 우주의 본질인 사랑으로 가득 차야 한다네."

"어떻게 영혼에 사랑을 채우지요?"
"영혼은 긴 대롱처럼 의식과 무의식의 한가운데를 뚫고 지나고 있지. 그 긴 대롱에는 작은 구멍들이 촘촘히 나 있다네. 영혼의 긴 대롱이 완전히 비워지면 그 안으로 우주의 사랑이 소르르 빨려 들어가지."

"완전히 비운다는 것은 무엇을 의미하는 건가요?"
"얼음 가시를 달고 있는 부정의 기억이 사라진다는 거지. 비워진 대롱에 사랑이 가득 차면 의식과 무의식에 자연스레 스며들어 긍정의 삶을 살도록 도와주지."

무의식 치료

"무의식에 새겨진 상처를 어떻게 치료해야 하나요?"
"무의식에 사랑이 스며들어 가득 차게 되면 무의식의 부정적 기억들과
그 얼음가시들은 서서히 녹게 되어 전혀 힘을 발휘하지 못하고 무장해
제 되는 거지."

"무장해제 되고 난 다음에는요?"
"무의식 전체에 사랑이 에워싸 긍정의 에너지가 넘실
거리게 되는 거야. 그럼 어느덧 몸과 맘에 평안과
행복과 기쁨이 찾아오게 되지."

귀신의 존재

"폭풍이 치는 밤에 길을 걷다 보면 문득문득 귀신이 있다는 생각이 들어요"

"이 세상에 귀신이 있다고 생각하나?"
"네."

"귀신은 따로 존재하는 게 아니라네. 그건 우주 에너지의 착시 현상에 불과해."
"우주 에너지의 착시현상이요? 그래도 사람들은 귀신이 세상에 존재하고 있다고 믿잖아요."

"귀신이 있다면 육체가 없기 때문에 인간을 두려워할 아무런 이유가 없겠지."
"그러네요. 육체가 없기 때문에 아무 때나 나타나 인간들을 놀리고 따돌릴 수 있겠네요."

"그런데도 귀신이 약자처럼 인간들이 두려워 숨어 다닌다고 여기는 건 무리지. 귀신은 뇌와 무의식에 우주의 에너지와 착시 현상이 결합된 허상일 뿐인 거지."

영혼과 육체

“인간이 숨을 거두면 영혼은 어디로 가나요?”
“영혼이 따로 존재하여 하늘로 올라가는 게 아니라네.”

“그럼, 사라지나요?”
“영혼은 우주의 사랑을 전하는 통로 역할만 하고 육체의 소멸과 함께 사라지지.”

“아무 것도 남기지 않고 사라진다는 건가요?”
“그렇지는 않다네. 영혼의 긴 대롱 안에 담긴 우주의 사랑과 의식과 무의식 속에 가득 차 있던 사랑만이 우주의 본질인 사랑으로 환원되는 거지.”

최상의 인생

"미래의 꿈을 현재에 심어놓고 싶어요."
"최상의 인생을 살고 싶다는 건가?"

"네."
"뇌의 전두엽에는 미래의 꿈과 긍정의 에너지와 긍정의 힘과 긍정의 사랑과 긍정의 이미지를 저장해 놓을 수 있다네."

"저장해 놓으면 언제든 가져다 쓸 수 있겠네요."
"아무리 가져다 쓴다 할지라도 소모되거나 소진되지 않고 오히려 가져다 쓰면 쓸수록 더욱 풍성해지고 더 커지는 법이지."

"그럴 수만 있다면 얼마나 좋겠어요!"
"성공한 사람이나 행복한 사람 또 마음신에 이른 사람은 이것을 되도록 많이, 되도록 수시로 가져다 쓰는 사람들이지. 무궁무진한 미래의 꿈과 긍정의 에너지와 긍정의 힘과 긍정의 사랑과 긍정의 이미지를 시시때때로 가져다 쓰고, 자기 자신의 것으로 만들어 타인의 아픔을 공감하는 상상력의 밑거름으로 쓰는 자는 최상의 인생을 살고 있다고 볼 수 있지."

종교 전쟁의 끝

"자신들이 섬기는 신보다 다른 어떤 신이 더 위로 올라가면 시기하고 질투하고 시샘하다가 결국에는 전쟁을 일으켜요."
"그러니 어리석지."

"종교 전쟁으로 수많은 사상자를 내지만 그들은 서로 후회할 줄도 반성할 줄도 몰라요."
"그래서 더 문제지."

"서로가 서로를 사탄, 악마로 간주하며 살벌한 세상을 살아가니, 무서워요."
"과연 이 모습을, 이 추태를 그들이 섬기는 신들이 보면 기뻐할까? 행복해할까? 흐뭇해할까?"

"아마도 아닐 거예요. 절대로 아닐 거예요."
"우주의 본질은 사랑이라네. 그런데 세상의 온갖 종교는 자신들이 섬기는 신을 이 우주에서 최상의 자리에 올려놓으려고 안간힘을 쓰지. 우주의 본질인 사랑보다 더 위에 자신들이 섬기는 신을 올려놓으려다 결국 싸움이 일어나는 거지."

“종교 전쟁이 끝이 나고 화평한 세상이 도래하면 좋겠어요.”
“우주의 본질인 사랑보다 더 우위에 올라가거나 더 위에서 군림해서는
안 된다네. 이 땅의 모든 신들과 이 우주의 모든 신들은 우주의 본질인
사랑의 실천자 역할만 해야 해.”

“사랑의 실천자요?”
“우주의 본질인 사랑의 실천자로서 최선을 다하는 신이야말로 아름다
운 종교, 평화로운 종교, 행복한 종교를 이끌어 갈 수 있는 법이지. 이
·땅과 이 우주의 모든 신들이 우주의 본질인 사랑의 실천자로서 자연스
레 자리할 때 그때서야 비로소 세계 종교 전쟁은 끝이 나고 평화로운 세
상이 오게 되겠지.”

알 밴 물고기

"식탁 위에 알탕을 비롯해서 알 밴 물고기로 요리를 한 게 많이 올라와
서 걱정이에요."
"산란한 후에 잡아도 늦지 않을 텐데……."

"알 밴 물고기들이 사라진 세상에서 인간들만 오순도순 모여 살고 싶
은 거겠죠."
"이 세상의 자연스런 이치를 역류해서는 안 된다네."

"한 마리 두 마리 세 마리 이렇게 잡아먹다 보면, 이 지구상의 모든 알 밴
물고기들이 어떻게 산란하겠어요. 도대체 어떡하라고, 도대체 어쩌자
고 자꾸 알 밴 물고기를 잡아먹는가 모르겠어요."
"그러게 말일세."

영혼과 사랑

"영혼이란 무엇인가요? 흔히 영혼은 혼불처럼 따로 존재하여 숨을 거두
는 순간 하늘로 날아오른다고 여기잖아요."
"영혼은 우주의 본질인 사랑의 통로일 뿐이라네."

"통로라면?"
"영혼은 의식과 무의식을 관통하는 긴 대롱처럼 존재하지. 우주의 본질
인 사랑이 내려올 때 그것을 받아들여 몸과 의식과 무의식 속으로 전달
하는 역할을 담당한다네."

"그리고요?"
"그러다가 육체의 소멸과 함께 영혼도 소멸하지. 우주로 환원되는 것은
영혼이 아니라 영혼 속에 차 있는 사랑이라네."

청춘이여!

아픔과 고통과 고뇌는 깨달음으로 가라는 신호탄이다.
그러므로 생각하라! 궁리하라!
깨달음(enlightenment, 覺悟)은 생각하고 궁리하다 마침내 알게 되
는 것이다.

깨달음은 공(空)을 아는 것이다.
깨달음은 무상(無常), 고(苦), 무아(無我)를 아는 것이다.
깨달음은 변화와 성숙의 시작이다.
깨달음은 선과 악을 초월한다.
깨달음은 말과 글과 생각만으로는 알 수 없는 세계이다.
깨달음은 자기 스스로 체득하여 이르는 진리의 동산이다.

깨달음은 세상의 이치를 밝게 아는 것이다.
깨달음은 집착에서 벗어나 자유로워지는 것이다.
깨달음은 이웃을 사랑하고 이웃과 상생하는 것이다.
깨달음은 인간의 존엄성을 회복하는 것이다.
깨달음은 자유와 사랑으로 가는 지름길이다.
깨달음은 생명을 낳고 기르는 에너지원이다.
깨달음은 참 평화를 일구는 텃밭이다.
깨달음은 진실과 진리와 순수의 절친한 친구이다.
깨달음은 진정한 자유로움 속에서 세상을 더욱더 깊이 있게 알게 되
는 것이다.

- 단풍이 시심처럼 날리는 아름다운 아침에,
　　　　지리산 풀꽃 헤르소 박한실

박한실(일명 : 朴德垠)

문학박사 / 건강컨설턴트 1급 / 영양학 강사
시인 / 소설가 / 문학 평론가 / 동화작가 / 사진작가

전·현직 경력

- 전남대학교 문학석사 / 전북대학교 문학박사
- 前 전남대학교 교수 / 前 전남대학교 국어국문학과장
- 논술구술연구소 소장 / 문예창작연구소 소장
- 한국시연구회 이사 / 한국아동문학 동화분과위원장

- 한실문예창작 지도 교수
- 향그런 문학회 지도 교수
- 부드런 문학회 지도 교수
- 둥그런 문학회 지도 교수
- 싱그런 문학회 지도 교수
- 바로 문학회 지도 교수
- 포시런 문학회 지도 교수
- 멋스런 문학회 지도 교수
- 탐스런 문학회 지도 교수
- 성스런 문학회 지도 교수

당선 및 수상 경력

- [중앙일보] 신춘문예 문학평론 당선
- [광주일보](전남일보) 신춘문예 동화 당선
- [시문학] 시 추천 완료
- [문학공간] 소설 추천신인상
- [문학세계] 희곡 신인문학상
- [아동문예] 소년소설 신인문학상
- [문예사조] 수필 신인문학상
- [시와 시인] 시조 청학신인상
- [아동문학평론] 동시 신인문학상
- [아동문학] 동시 신인문학상
- [문학공간] 본상(장편소설) 수상
- [계몽사] 아동문학상 수상
- 한국 아동 문화상 수상
- 한국 아동 문예상 수상
- 아동문예 작가상 수상
- 광주문학상 수상(제1회)
- 전라남도 문화상 수상

저서 발간
현황

〈문학 이론서 전 16권〉

제1권 〈현대시 창작법〉
제2권 〈현대 소설의 이론〉
제3권 〈문학연구방법론〉
제4권 〈소설의 이론〉
제5권 〈현대문학비평의 이론과 응용〉
제6권 〈문체론〉
제7권 〈문체의 이론과 한국현대소설〉
제8권 〈한국현대소설의 이론과 적용〉

제9권 〈시의 이론과 창작〉
제10권 〈해금작가작품론〉
제11권 〈디코럼 언어영역〉
제12권 〈논술 고사 정복〉
제13권 〈심층면접 구술 고사 정복〉
제14권 〈둥글파 언어영역〉
제15권 〈논술교실〉
제16권 〈꿈샘 논술〉

〈교양서 전 52권〉

제1권 〈해학의 강〉
제2권 〈바보 성자〉
제3권 〈미네르바의 부엉이는 황혼녘에 날은다〉
제4권 〈멋진 여자, 멋진 남자〉
제5권 〈우화 천국〉
제6권 〈나만 불행한 게 아니로군요〉
제7권 〈나만 행복한 게 아니로군요〉
제8권 〈나만 어리석은 게 아니로군요〉
제9권 〈행복한 바보 성자〉
제10권 〈느낌이 있는 꽃〉
제11권 〈흔들림이 있는 나무〉
제12권 〈사랑하는 사람 가슴에 심어주고픈 말〉
제13권 〈철학의 향기〉
제14권 〈철학가의 터진 옷소매〉
제15권 〈창녀에서 수녀까지, 건달에서 황제까지〉
제16권 〈무희에서 스타까지, 게이에서 성자까지〉
제17권 〈사랑의 향기〉
제18권 〈황제 방중술〉
제19권 〈우리 역사의 난〉
제20권 〈명작 속 명작〉
제21권 〈쉽고 재미있는 철학 이야기〉(1)
제22권 〈쉽고 재미있는 철학 이야기〉(2)
제23권 〈쉽고 재미있는 철학 이야기〉(3)
제24권 〈역사 속 역사〉
제25권 〈세계 반란사〉
제26권 〈한국 반란사〉

제27권 〈행복을 위한 작은 책〉
제28권 〈세계 명사들의 러브 스토리〉
제29권 〈나의 가장 소중한 사람에게〉
제30권 〈세계를 빛낸 과학자〉
제31권 〈세계를 빛낸 정치가〉
제32권 〈세계를 빛낸 명장〉
제33권 〈세계를 빛낸 탐험가〉
제34권 〈세계를 빛낸 미술가〉
제35권 〈세계를 빛낸 음악가〉
제36권 〈세계를 빛낸 문학가〉
제37권 〈세계를 빛낸 철학가〉
제38권 〈세계를 빛낸 사상가〉
제39권 〈세계를 빛낸 공연가〉
제40권 〈해외 신화〉
제41권 〈읽으면 행복한 책〉
제42권 〈세기의 로맨스·1〉
제43권 〈세기의 로맨스·2〉
제44권 〈세기의 로맨스·3〉
제45권 〈세기의 로맨스·4〉
제46권 〈우리 명작 50선〉
제47권 〈세계 명작 50선〉
제48권 〈이솝 우화〉(공저)
제49권 〈위트〉
제50권 〈비타민과 미네랄〉
제51권 〈내 몸에 꼭 맞는 영양 가이드〉
제52권 〈청춘이여, 생각하라〉

*이상 저서 총 113권 발간